万念

潘向黎 著

三联书店

图书在版编目（CIP）数据

万念／潘向黎著．—北京：生活 · 读书 · 新知三联书店，2017.10
ISBN 978－7－108－05953－6

Ⅰ．①万…　Ⅱ．①潘…　Ⅲ．①随笔－作品集－中国－当代
Ⅳ．①I267.1

中国版本图书馆 CIP 数据核字（2017）第 129125 号

责任编辑　张　荷
装帧设计　蔡立国
责任印制　张雅丽
出版发行　生活 · 讀書 · 新知 三联书店
（北京市东城区美术馆东街 22 号 100010）
网　　址　www.sdxjpc.com
经　　销　新华书店
印　　刷　北京市松源印刷有限公司
版　　次　2017 年 10 月北京第 1 版
2017 年 10 月北京第 1 次印刷
开　　本　787 毫米 × 1092 毫米　1/32　印张 10.875
字　　数　185 千字
印　　数　00,001－10,000 册
定　　价　35.00 元
（印装查询：01064002715；邮购查询：01084010542）

目录

一

怅卧新春白袷衣

（一）

夏日里，台风将至的天空，透彻明亮得让人怔住的那种蓝，异常大朵而立体又压得特别低的云，爽快的风，梳理着尘世一切烦乱，面对一阳台带水珠的植物在风中的各种姿态，我突然想起了小林一茶著名的那几句：露水的世啊，虽然是露水的世，虽然是如此。

连绝望、连空寂都不能熄灭的对此生此世的恋慕。绝望过、超脱过，但依然还爱着，不能不爱着。

彻底看破，彻底“淡”，彻底“空”的人，也许是没有的。因为所有人毕竟只活在此时此刻。

纵使有来生，此生也不知道。终究还是要一寸寸活过今生。

人生的关注像一个光圈，只有关注的内容在强光中，其余的暂时隐没在相对的昏暗之中。

关注的内容可能依次是：升学、恋爱、求职、婚姻、孕育、孩子、老人、丧事、第三代……依次明灭。

直到光柱消失。

年轻时看花都挑剔，要挑最完美的才肯久久凝视。

中年之后，依然爱花。但觉得朵朵都好，各有各的好处，各有各的委屈处。

不，不只是对花宽容，人生到此时，已经是有花看花，无花看叶。

翻杂志，看到谈红宝石，“缅甸邻近莫哥地区北方的产区，有世界上最美的‘鸽血’红。泰国与柬埔寨边界的红宝石色泽通常较深，有时甚至近乎黑色，这种现象称为‘熄灭’”。

突然伤心起来。熄灭。本是浴火淬炼，亘古不灭的色泽和光彩，是遭遇了什么，竟然也会熄灭？

在西泠印社，有一种不陌生的伤感在心间升起来。有的地方总让人有点伤心。因为你不是来迟了几百年，就是来早了几百年。总之，这个地方让你联想到的历史氛围，以及它所强烈暗示的时代，和你的此生，永远地错过了。

黑白分明的人觉得明哲保身的人不洁净，不可敬。明哲保身的人觉得黑白分明的人不聪明，不可爱。

因为人人觉得自己对，所以对另一种类型总暗含怜悯，或者不屑。

基本上，每个人在怜悯或者轻视别人的同时，也都被别人怜悯和轻视着。

想到这一层，人世有一种淡淡的幽默。

看过去自己恋爱时的日记，有一种看亡人书信的悲哀和感动。

电影《阿诗玛》中，阿诗玛在河边，思念着心上人，将一朵茶花放进水中，无限哀愁地说：“水啊，你为什么不倒流？”

水居然打了几个漩，倒流了。

这样的美人儿，任何人都无法拒绝，连无情的流水也不能。这是“沉鱼落雁”的进化版。国人对美的赞美曾经多么真诚，也多么富有想象力。不像今天，对美人的称赞，只会说她成功地嫁给某个有钱有势的男人，拥有多少克拉的钻石。审美能力和想象力的退化，果然是惊人的。

总忘不了阿诗玛的声音：“水啊，你为什么不倒流？”

渐渐地，又觉得里面包含了更深广的哀愁。人生的，时代的。

“有情所喜，是险所在，

有情所怖，是苦所在。”

——《自说经难陀品世间经》

说得是。但，又如何？明白了，依然险，依然苦。

我们都像犯了重罪的人，虽然可以诚心诚意地认罪，但也不能减轻惩罚。

有些事是不可能用“忘记”来对付的。

或许，人只能将经历过的所有痛苦所沉积下来的黑，装进一个人生的小格子里，不再任它像墨汁一样，在人生的画布上四处洇开。

听说如今的男人对女人，大多是三不原则：不主动，不拒绝，不负责。

想了想，我说——若如此，渐渐会是这种女子最受欢迎：中等姿色，装扮入时，声名狼藉。

有几个男性朋友闻言大笑，颇合心意的样子。

在杭州，经过岳坟，心想：我知道你是冤枉的，那么多代的同情，悲愤，我再来重复一次也无益。

虽然许多人都知道真正能害你并且起杀心的是皇帝，但奇怪的是，他并没有跪在那里，每次看了都会生出新的闷气：觉得后来的“旁观者”也依然是不“清”的。

我不想把那四个铁人扶起来，我又不能加一个铁人跪在那里。只能仰天长吁：岳飞将军，请恕我就不进去了。

从小受的教育，似乎有计划的人生成功的概率会大大提高。后来才知道，人生重要的事情都不能计划。

听一位诗人的情史，一再PASS条件不错，甚至远优于他的众女友。起初不解，后来恍悟：各方面都不出挑，甚至有些穷困潦倒的男人，为什么能让好女人折戟沉沙，大上其当？因为他的乏善可陈、一无所有是一望而知的，于是女人会有一种错觉：只要我肯，岂有你不肯的道理？这些女人有些经历了，有些疲倦了，想找一个港湾，觉得安全感胜过浪漫与激越，以为将就找这样一个，对自己而言一定牢靠，对方也一定会珍惜。

这样想的女人多了，恰恰给了男人“遍地芳草”的错觉，直至宠坏了他们。

对女人来说，一生之中的任何时段，烂男人永为恶劣之选。他不具备上等男人的一切优点，却有相同的缺点：自视甚高，太爱自己，一宠即坏，不到万不得已，不肯尊重和珍惜。

选人，永远要尽力取乎上。取乎中、下，已是自辱，然后必定受辱。

人心与历史在较长的时间内就显出了公正。

有些人会获得补偿性赞美。如陈寅恪，如沈从文。有些人则会受到惩罚性遗忘或者嘲笑，如柳亚子，如郭沫若。

做事如写书法，势将尽时当“回锋”，才更漂亮。

势尽就不“圆”，再不回锋就“破”了。

中年记性不好了，有些要紧的事情也忘了。回头发觉年轻时记性倒是好，可没几件值得记忆的事。

总不能一直怨恨初中时粗野的同桌，或者一直控诉高中时重理轻文到变态的班主任和不通情理的教务主任吧。

年轻时心力、体力都充沛，可是都不值钱。渐渐入了中年，心力、体力都值钱了，但，也渐渐衰弱了。对人来说是无奈，于天道而言，是一种平衡，一种公平。

“江春入旧年”，秋天也是“入”夏天的。

就在盛暑和人对峙得各自精疲力竭的时候，某个清晨或者深夜，突然来了一阵风，这阵风和夏天里的风不一样，它并不大，也不响，但是它带来了一股特别的凉意，一丝一丝的；夏天的风都像是从一个火塘边吹过来的，惟有这一阵风，像是从开阔的水面上吹过来的。

秋天就这样一丝一丝地在夏天里面长出来了。

曾经很流行的一首歌——《广岛之恋》，开口便是“越过道德的边境，我们走过爱的禁区”，几番曲折之后还执着地“不愿爱得没有答案结局”。即使不能求来“答案结局”了，依然深情绵渺地隔空呼喊“爱过你”“爱过你”。等到黄小琥，已经上来就是“没那么简单，就能找到聊得来的伴”，小小纠结之后迅速自我消解，自我安顿，而且结论是“过了爱做梦的年纪，轰轰烈烈不如平静”。

流行歌曲的基础体温，是越来越低了。

乱世之中，小百姓为了生存，需要帝王般的智慧。

与出租司机聊天，他发泄了种种不满后，叹息：“人最没劲的是没得选择！”

我也这么想，但我也没得选。

心区凉凉的。“心凉”是实在可感的。

突然怀疑有些人是在心里出家了的。因为明明对这世界一无所取，一无所爱。

磨折经得多了，渐渐赞叹：只因不愿生得卑贱，死得猥琐。

但是城市人终究要在人堆中呼吸，在污染中饮食。那些人，也许，放弃了一切，终究也换不来清白干脆，只落得孤绝悲凉？

事情都是有结果的。伤害了，折断了，再道歉，悔恨，事情已不可挽回，伤害已不可逆，心情也回不去了，面对面的，已经是另外两个人了。

是以讨厌莽撞。故意的倒简单了，怕就怕冲动地做下了，然后让人面对无用的追悔啰嗦，痛苦第二遍。

人若死了，抚尸痛哭有何用？许多人总不明白。

前程似锦，更如死灰。何需奔赴？

百合花开，异常清纯，但又有一丝难以察觉的深邃的性感。

许多花都如此，将矛盾统一得很美好。

其中，最大的矛盾是：不论什么花，正面是微笑，背面都是忧伤。

我眼中最美的画面——

相爱的人拥抱在一起；父母逗弄赤裸的婴儿；花开。

总是一下子吸引我的视线，无法移开，且百看不厌。

人太累了，既没有力气对爱的人好，又没有力气走开。

人生有些紧要处被遮住，像一个谜，苦索而不得谜底。往往谜底解开了，但太晚了，知道了也没有用了。而追索的过程，几年或者几十年，已经形成了一个轨迹。

梦见两句话，起来就记下来，并且写完后面一半。

笑如花，愁中谢。

心如何？雨中叶。

眼前事，皆是梦。

因是情，缘非孽。

若执迷，终是劫。

全看破，岂非灭？

在路口，需要连过两个红绿灯，会觉得麻烦，其实也有便利处，垂直的两个方向，必有一个是绿灯，哪个是绿灯，就先过哪个。

人生选择亦可用这个法子。

年轻时，往往既要选择职业，又要选择伴侣。如果有合适的恋人，不妨先结婚；婚后若怀孕了，不妨先生孩子。如果没有遇上那个 Mr. Right，不妨先留学，找工作，换工作，换城市，让自己在事业选择和明确自我这一个大路口上先过去。

人到中年，如果有老人或可靠人选可以帮忙带孩子，不妨好好在事业上进行第二次拼搏，往往事半功倍；如果老人或孩子需要你，甚至两边都需要你，不妨先享受被需要、被索取的感觉，在奉献和辛苦中体味人生宝贵的天伦之情。事业？等下一个绿灯吧。上帝自有安排。

人生并无绝对的顺序，往往有一个路口是绿灯。不必执着等候红灯转绿，见绿灯先过，就是了。

读到日本作家宫泽贤治有一首诗《不怕风雨》：

不输给雨

不输给风

不输给雪和夏天的酷热

我有一个结实的身体

没有任何欲望

也从不发怒

总是静静地在一边微笑着

一天吃玄米四合

味噌以及少许的蔬菜

对于任何事情都不给予自己的意见

只是在一边仔细地听、看、理解和铭记

我呆在原野里松树林的深处小木屋里

东面若有生了病的孩子，就过去照顾

西面若有劳累着的母亲，就过去接过稻草捆

南面若有垂危的人，就过去安慰他，不用害怕

北面若有矛盾、冲突，就过去警告他们，这无意义

干旱的时候，我流泪

冷夏的时候，我着急

人们笑我是个木偶一样的呆子

不被赞扬

不用受苦

我想成为

这样的人

一个人，如果能这样把自己全然奉献出去，在心里，确实是“不受苦”的。

虽然明知道不能，但我也想成为这样的人。

（2011年12月）

人生不得意也须尽欢。

每个人都觉得自己最重要，每个人又都觉得自己渺小。每个人都希望自己做的正确的事情得到欣赏、赞美和颂扬；每个人都希望自己做不到或者做错的得到原谅或不为人知；哪怕是无情无义的，哪怕是荒唐乖谬的，也得到珍贵的甚至稀有的宽恕与接纳。

天地之间，就是无数这样的“每个人”，组成了一个人世间。

初秋，天刚暗下来。阳台外面传来孩子的呼声：“等一下！”另一个报以一阵得意的狂笑。这个再喊：“等一下呀！”不知为什么，心里一动，这种急切和无助在哪里似曾相识？在哪里听到过，或者是自己发出过这样的呼喊？

可是孩子不会像成年人那般苦楚，喊声再起，已经变成：“等两下！”另一个再次爽朗地大笑。于是，喊声变成：“等三下！”

等一下，等两下，等三下。

那被吁求的如果肯，吁求的就会这样得寸进尺。人性就是如此吧。

因为不钻营势利而吃苦头，还要被人笑，笑你没出息，笑你呆傻蠢笨。苦头吃多了还能经受，被人笑多了却伤自尊，终于明白为什么天下人大多选择钻营势利。

若是不钻营的人，只吃些亏，还能获得欣赏与赞美，那么这个世界还是公平的。若不然，只好看势利汹涌。

当然，总有高手能够在世俗的乱箭齐射之中镇定地抽出龙泉宝剑“拨打雕翎”，然后按照自己选定的路，平和地走下去。

不投靠山头不拍马屁而想出人头地，不但难——难于登天，而且苦——有苦难言。

所以，渐渐原谅了那些靠山头拍马屁的人了。或许，不过是想省力吧——人之常情。没有才能的不必说，有才能的，也会想省些力，见小人得意也会愤愤然。人性而已，不是什么罪过。

朋友让我看一把壶。让我猜可以定多少价。

我说，不懂的人，五百也卖不出去；遇到肯出五千的人，你就说：你太黑了。因为张口就说五千的人，分明是懂的，那他就应该知道这把壶怎么也该以万论价。

至于究竟应该定多少价，实在不好说，因为“美”与价值，都因人而异，什么头衔、什么证书、什么事实，都抵不过一个“我喜欢”“我情愿”。

到了四十岁，依然没有一间自己的书房，还有什么可说。更不要梦什么自己的裁缝、自己的美发师、自己的花园了。

年轻时若知道千辛万苦熬到这把年纪，这会子会活成这样，只怕早就哭死了。幸亏那会子不知道，懵懂着活下来了。

关于名声：有时候，人不是追求好名声，是畏惧坏名声。

好人不长寿，因为好人克己待人，压抑了自己去善待这个世界，自然积郁多。

闷热的夜里，下楼散步，昏暗中，仙人掌花和静止的秋千上默坐的老妇人的白发，一样闪着皎洁而寂寞的光。

人生要珍惜可以自由行走、自主呼吸的每一天。每天好好对自己。

人生的意义就在于面对这实质上的无意义，然后一天一天好好过下去。

（2013 年 7 月）

今夏是从未遇到的酷暑。熬过了一个 40℃的高温天，看明天的预报，竟然是 41℃。

忙碌的一个白天之后，接近子夜，一个人看着电视，突然哭了出来。人生，现在受苦，还怀着对将来的苦的忧惧。

看到一句话“地狱里都是不知道感恩的灵魂”。

但愿如此。但即使如此，对此生也没有用。

但是，现在的好多人，开口闭口“感恩”，似乎又轻率肤浅。真正感恩，不会那么轻易说出口。

“戒掉这个人。”

“你对粉红色还没毕业？”

对一个颜色的偏好，对一个人的痴迷，都是可以毕业、可以戒断的。

会说话的人，不在于真的会说，而在于会不说，知道何时何地、面对何人少说或不说，尤其是不说一句不该说的话。

人生清单——必须及时做的事情：

太阳下山前收衣服

赏花（尤其是昙花和牵牛花）

晒太阳

趁热喝汤

吃冰激凌

热恋时结婚

少年时疯狂

用力拥抱父母

和父母（或其中一方）一起旅行

别人来问“你看我该不该结婚”时表态（如果喜欢此人，这是最后的表白机会；如果不，就无限量祝福）

二十五岁之前彻底失恋一次

三十五岁以前犯一次大错

生育孩子（不想生者另当别论）

月圆时散步

下大雨时赏雨，顺便看人避雨情状

第五十次动念头离婚时离婚（原谅七七四十九次）

晚上第一阵困倦时上床睡觉

鼻酸眼热时哭出来

在电影院或剧院的黑暗中想流泪时流个痛快

看望重病住院者

探望上了年纪的亲、师、友（并且带医生禁止他们吃的东西）

朋友低潮时送花、送礼物或者请吃饭

生日当天的祝贺（不小心过了正日子则一定不要补）

陪上学之前的孩子玩

听孩子说话，看着他，认真听

孩子扑上来抱你时，用力回抱

适时把壶里的茶汁斟出来

在合适的温度将茶喝尽

趁新鲜吃点心（尤其是豌豆黄和小笼包）

趁热喝黄酒

吃刚出炉的糖炒栗子

深秋去阳澄湖或太湖边吃螃蟹

有高兴的事禀报父母和老师

朋友有好事时道贺

被问“你爱我吗？”时，大声回答：“我爱你。”

被问“你爱过我吗？”时，轻轻回答：“爱过。”

（以上。）

人生清单——纯属传说的事

完美的爱人

高贵、强大、富有又温和、开明、风雅的父亲

美丽、温柔、无私又明慧能干、善解人意的母亲

彼此默契、互相欣赏、始终相爱的兄弟姐妹

天造地设、浓情似火并且此情不渝、相伴终生的爱情

举止得体、教养良好、无任何不良习惯的邻居

有原则、有眼光、有品位、讲道理而公正的上司

听话、懂事、有出息又孝顺的儿女

破镜重圆而美满的恋情或婚姻

通过解释或道歉而冰释前嫌的敌人

仅凭勤奋努力的人生回报

用钱成功弥补的心理创伤

中国报业的黄金时代

所有人都喜欢的文学作品

一定会到来的光明前途

耐心等待、终将到来的幸福

容颜、心性始终不变的人

白了又黑的头发

回到枝头的花

（待续。）

听一个摇滚歌手的演唱会。两个吉他手弹到 high 时，互相背靠背，轮流仰面朝天，疯狂地把吉他折磨出不成曲调全是情的声音。

突然想：如果这时有一个人，突然走开……

但在感情生活、现实关系中，这种灾难比比皆是。

站在路边，看见远处一辆空车，扬手，挥了两次。放下，给包拉上拉链，一抬头，那车正经过我，司机瞥了我一眼，等我反应过来他不曾看到我挥手，车已经开过去了。

如此当面错过。什么叫无缘？这就是。

现在“公主病”“女王病”在一些女人中颇流行。

一切待遇，不论现实的或精神的，都让人有“凭什么？”的百般不解。但此病患者的态度是：你不解是你的错，我要这样的待遇理所当然，天经地义。

和这样的女人见面，听她说到自己总预感她就要说成“本宫”，而我心里惴惴，觉得似乎要自称“民女”来周旋一番，才得全身而退。

还有一种“青春万岁综合征”。谁说青春短暂，人家青春万岁。一个女人，明明过了四十，而心理仍停顿在“妙龄”阶段，真是灾难。

若有人想救灾，必定被她视为死敌。人难免贪生怕死，于是只得坐视她一直“妙龄”下去，于是得以“青春万岁”。

每天应付完不得不应付的事情，便是喝茶养壶，顺便看看旧书。

若不避俗，也无非是年轻时挣口干净饭吃，老了安度晚年。如此而已。不如此，你又待怎的？

“难得你总是很悠闲。”

“我是假装自己很悠闲。”

“为什么要装？”

“不装，连这层薄薄的悠闲也没了。”

一个人要活得精彩，让人竖大拇指，要生很多次，死很多次。

真的有人这样活过来。

在这一生里。

当许多人竖起大拇指的时候，这个人往往也不在乎了，他的心已经超越了人群。

真的有人做到了。

在这一生里。

有些人，总也活不出他们的时代。

岂止情有可原，简直很合理。但，成功和伟大的区别，有时就在这一点上。在这个时代里“弄潮儿向涛头立”，是成功；超越时代，哪怕一点点，才可能是伟大。

有一句话要说，每次要说出来的时候，便有成百上千句话来纠缠它、阻挡它，于是我沉默。

但愿我能一直记得，那句话是什么。

为了怕遗忘，我得空就在心里重复它，如同用意念盘一块看不见的玉。

真的伤心了。

用手捂住双眼，但捂不住泪水，它们灼透手掌，从洞中渗溢而出。

中年的主题就是：无奈与安顿。

一定会觉得无奈的，纷至沓来、无药可治的无奈。

但，终究要安顿。凭借熬了半辈子的智慧，似乎多数中年人堪堪能达成这个目标。

当衰老降临，便会令聪明人谅解愚笨者。

上了年纪，气血渐衰竭，她似乎理解了让她失望过的男人。他当然是爱过她的，至少在乎她。许多事，当初她以为他不肯，那是把他看得过于强大。其实他也是不能，不是不肯。

不得不让她失望，他也有许多无奈的时刻吧。

正如没有灵感的作家，电脑上积满灰尘，你却不能说他不想写作。

理解的，都会悲悯。不理解的，大可一直怨恨，或者嘲笑鄙视——如果能量充足又没有别的事可关心的话。

人生最大的，莫过于一生，一死。

若不生孩子，到头来一生一死抵消，想想总是一片虚无掩杀而来。于是努力在中间加一个“生”，到自己消失的时候，还在世间留一个“生”。也许，这是生育后代的本质意义？

因为劝一个不到二十的女孩子，发现她遇事容易歇斯底里，于是对她说：人生大多数事情都不值得歇斯底里，而那少数值得歇斯底里的事情，咱真不敢歇斯底里，而要拿出一生最大的冷静来对待。

对她选择的焦虑，我说：某种意义上，青春时期怎么选都对；不过，怎么选，将来都很可能会后悔的。所以，可以放轻松些，想做的就放胆去做，没有万无一失的完美方案，也没有塌天大祸不可补救，横下一条心，不必焦虑。

话是好话，但也不过是说说。我到今天都做不到，怎能指望这么年轻的她做到？

但是真希望我这么大的时候，有人这样对我说。

黄昏的时候走出灯火通明的大楼，总会对突如其来的黑暗略略一惊，因为觉得眼前一片昏暗，预期的景物都没有出现，视线突然变得模糊，走路的步子也有些不确定和不自信。

等到适应了外面的光线，又觉得最初感觉的黑里面其实是亮的，而且是丰富的，里面有着各种热闹和安详：货物琳琅的小店铺，双双对对的恋人，街心花园聊天的老人……

那一阵突然的昏暗和不自信，应该就是我现在这个年龄吧，等到真正老了，老稳老定了，可能又会好些的。

一位曾经前卫的艺术家成了圆熟的官员，突然感到，他的两段人生都是成功的，只是他自己固然衔接得很好，但是旁人却不知道究竟该用他的意气风发的前半生来嘲笑他的后半生，或者用他滴水不漏的后半生来质疑他自己的前半生？

因为头疼而失眠的次日，还必须上班，还偏偏有许多事情，还要开一个会，面色如土，且怎么梳洗都觉得蓬头垢面，满心都是生不如死。一个同事却笑着对我说：你最近状态不错啊，意气风发的。

记得亦舒说过，喜欢一个人，会觉得他（她）弱小呆傻，百般不放心，总是想保护之；不喜欢一个人，就会觉得他（她）怎么都死不了，刀枪不入。

据此推断，我的这位同事，应该是恨我的。这样一想，忍不住笑回去，只是人家不知道我在笑什么，枉费了我平生难得的以德报怨的笑容。

这种时候，真希望亦舒在。

在职场上，在社交中，往往有这样的尴尬时刻：你若解释，似乎在贬低对方或众人的智商；你若不解释，就必须把一口看不见的黑锅背起来。

后来发现，大多数黑锅都是度身定做。是以绝大多数的解释都是多余。

横看成岭侧成峰，此话不假。但在职位高的人眼中，大多只看得见和自己一般高或者高于自己的岭和峰。

低于自己的，都是洼地，不会低头去看的。

一般人，常常有诸如“这有多不公平，不是明摆着的吗”之类的抱怨，这是在自己的层面上看，平与不平当然一清二楚，在高处那些人的层面，是完全看不见洼地上的平与不平的。

和好友吃饭，到了饭店，若商议怎么坐，点什么菜，该谁买单，都是废话，浪费相聚的大好时间。最宜默契地坐下，由一个人点菜，大包大揽独断专行，速速搞定一切。然后方可面对一桌子鲜花着锦，烈火烹油，开始争先恐后眉飞色舞地说话。

因为彼此无事请托，所以说的都是可说可不说的废话，但是因为趣味相投，每一句废话都妙不可言。

这样的相聚，方可谓“相见欢”。

对好友说：说到以德报怨，大家都曲解了圣人的原意，原意是以德报怨，那么用什么报德？所以，圣人是不主张以德报怨的。

而现实里，许多的黑白颠倒、善恶不分、欺软怕硬，以及无边无际的懦弱，都躲在这顶大伞下面，安心地不见阳光。却不知这把大伞根本是拿错了。

有个朋友经常对我说，另一个某某提到我时基本上没什么好话。我有点伤心。不是因为那个我也不喜欢的某某，而是因为这个朋友。你是我的朋友啊，为什么你总是让别人可以在你面前攻击我，攻击得畅所欲言言无不尽呢？

有一天在街头，突然看到一个大学同学，正和一个陌生而貌美的女孩子挽着手亲密地逛街，我第一反应是想大喊一声：好啊，女朋友这样漂亮，还不介绍一下！

一秒钟后，我突然明白：那不是我的同学。那个男孩子才二十出头，怎么会是我的同学？他是一个有几分像我同学的人，当然，是那个同学大学时的模样。

如果我那个同学在适婚年龄结婚、生子，这一个，完全可能是他的儿子。天哪！我们这一代青春绽放的时间已经那么远了，差了整整一代人了，我怎么还这样无知无觉呢?

我慌乱地闪进了一家咖啡馆，要了一杯大杯焦糖玛奇朵和一块重乳酪蛋糕，压压惊。

我几乎不参加同学会。因此说到哪一阶段的同学，背景永远都是当时的背景，好像是我一个人毕业了，而他们永远都还在那里一样。时间对我记忆与想象不分的固执也无可奈何。

一旦见面，肯定要受一些惊吓，被那些皱纹、白发、肚腩、光可鉴人的秃顶，更被那些完全与当年失去了衔接的表情、谈吐和价值观。还会在别人的眼神里证实自己的沧海桑田。

但是这并不是最主要的。最主要的，在我的记忆中，有一校园一校园的人，那么年轻，那么年轻，像一畦畦碧绿挺秀的水葱，除非是他们现在的样子来打破这个画面，那个画面是永远在的。而我希望在心里保留那些画面。

有没有同学变成好朋友，一直来往下来的？有，但那是少数的几个，被我毕业时随身携带，一路同行到了今天，所以他们曾经在那个校园里，而我“知道”他们并不在“那个”校园里，而在“现在”里。

听到一个朋友评价一个人：此人比较混沌。

恍然大悟。过去总觉得那人是过于良善，有时是糊涂，有时是迟钝，原来是混沌！深以为然，可惜被评价的也曾是我的朋友，不便附和。

有的人很好，也不是不吸引你，但是没有合适的机缘让你们自然地接近，彼此也没有足够的冲动和心力去创造机会。于是这个人终究与你的人生无关。就像火车上经过的一片异常青翠的树林，一个碧清而幽深的湖泊。

一个颇有成就、涵养极好的朋友说到面对亲戚的各种困窘。我知道他完全没有错，是亲戚们俗不可耐，这样的双方要达成有效沟通和互相谅解，其实是可望不可即的。

但是终究是力量悬殊，不能支持他一意孤行，正面冲突。

有点着急，脱口说了一句：“面对俗世时，脱俗的人常常是错的。”

对方闻听一愣，我自己也吓了一跳。

常常说：做个中医，或者植物学家，是我此生未能实现的梦想。最好还是个自己种药的中医。如果是植物学家，要常年住在云南——我喜欢云南的云，不亚于云南的植物。

有一次却脱口而出：成为一个蔷薇花一样娇俏甜美而精致的女子，是我未能实现的梦想。

前者说事业，后者说做人的风格，不过都和植物有关。看来百无一用的我，对植物的喜欢是真心的。

性情中人，很容易犯两个错误，一个是因为别人细节上的不合心意或者犯了某个私家忌讳就唾弃之，退避三舍；另一个是因为别人说了一句你一直想听的话，就引为知己，死心塌地。

看到一个朋友的书后面列了长长的致谢名单，不知为什么，替他有点担心，他怎么保证都列齐全了呢？若是有该谢的人被遗漏了，会不会反而得罪了人？那个人一定想：你一口气开出这么长一张名单，都没有想到我，要么心里看不起我，要么过去种种感激涕零都是场面话了。

太顾着周全有时候是一件略略涉险的事情，因为你的任何忽略都会被当成有心的。

人总是容易羡慕别人，因为总是容易看到别人的好处，风光处，得便宜处，而对自己只看到难处，苦处，委曲处。

街上，一个身材苗条、薄施粉黛、挽着名牌手袋的白领丽人和一个穿着平底鞋、家居服，素面朝天，推着婴儿车的年轻主妇擦肩而过。

主妇可能羡慕白领的精明能干、自由自在和意气风发，却不知道对方老大不嫁，正在为要不要冷冻卵子而头疼；白领羡慕主妇嫁得良人，可以退出江湖，还拥有可爱娇儿，却不知对方严重睡眠不足，加上被孩子、婆婆、保姆日夜缠斗夹攻，时常半昏迷，有时半疯狂。

人人都看别人风光，觉得别人容易，并非人的天性不易知足、容易妒忌，皆因你不是他，你自然只看见人家给你看的好处和得意处，不知道人家咬牙扛着的难处和苦处。

世间哪有容易做的人。苦处、难处不为人知，也不必抱怨，毕竟还藏得起来，瞒得住，这就算够有出息了。

藏得起来的难处、瞒得住别人的缺陷或窘迫，总还不是最大的。就像身上的赘肉。

“我其实胖了许多，只是衣服宽松看不出来！”说这话的，总不是真正胖的人。

指甲附近的肉刺，听之任之的话，一碰、一拨都很疼，等不到回家找指甲钳，往往狠心一撕，肉刺扯下来了，上面连带着一小球血肉，那个地方更疼了。

有的心事，真像肉刺。

经常看到和听到“不顾一切，从头再来”这八个字，其实这两句并不天然联在一起。年轻的时候，可以“从头再来”，那时候往往并不需要“不顾一切”，吃饱睡足加上一咬牙，还怕什么？中年之后，形势转仓皇，体力与心力、心气齐齐衰退，纵然“不顾一切”，也无法“从头再来”。

人可以不顾一切，但其实都无法从头再来。前者是愿望，后者是规律；愿望往往很真实，且热切，规律往往煞风景。罔顾事实和规律，可能是浪漫，可能是愚蠢。

都说每个行业的佼佼者大多是因为热爱才抵达这个地步。

一直很怀疑。因为亲眼看到的是，许多佼佼者都是委屈的。一个明明可以当部门主管的人，却在做宾馆前台，于是她是所有前台中最好的；一个可以当校长的人，却只担任了系主任，于是他这个系成了全校最好的。那份好，是这个人用委屈来成就的。

若是担任了比实际能力和修养高的职位，虽然照当不误，但一定不是最好的。那些最好的，其实都配得上更高的位置和待遇。

佼佼者其实是委屈出来的？

偶尔在周末值一次班，虽然在双休日要挣扎起来，穿戴整齐出门，其实颇为痛苦，但是等到真的到了单位，整个大办公室空无一人，好不清净，又觉得神清气爽。既没有嘈杂，也没有各种身影晃动目光过境，更不会有突然冒出来的指派“点射”，想做什么就做什么，一清净，好像智商都高了许多。

咦，这不是平时梦想的上班环境吗？

和闺蜜喝咖啡，再次遭她批评对工作太顶真，花太多精力，她说：“你是作家，你是作家，你是作家。”

我说我是为荣誉而战。她鄙夷道：“你说什么？纸媒早晚是个死，你以为你是谁啊？”我连忙声明：不是为了报社，是为了我自己。一来是学不会不认真地做事情，除非不做，做就只有认真做一种方式；二来是那么多年的时间与心血都填进去了，必须对自己有个交代。

突然觉得有点像嫁错了人但又不甘心离婚的老式女子。

人生到中途，发现有的人恨你，其实是一种宿命。

原本你们是差不多的人，到了一个岔路口，那人经过纠结选了其中较多人走的康庄大道，你选了人比较少的另一条羊肠小道。十几二十年过去，那人也顺风顺水，你不曾嫉妒过那人，但是那人就是恨你。

终于想明白了，原来那人当初也是不情愿地放弃了你这条道的，你若是在这条道上变得憔悴潦倒，那么那人心中的纠结才能平复；若你居然若无其事，而且并不对那人表示敬仰和艳羡，那么，那人当初的一番挣扎和最终抉择，岂不是贬值了许多？

关键时刻成交与否，永远是内心大事件。成交的往往比较精明，但后遗症是：除非根本放弃的人活成穷苦潦倒来反衬，否则成交了的还是会“意难平”的。

那天在街上听见一个人对身边同伴喊冤：“我怎么嚣张了？我本来就是这个样子！”

暗自笑起来，还不嚣张？多少人做孙子，或者装孙子，做自己，已足够嚣张。

一位女朋友吐槽她公司里的老板如何和女下属暧昧，然后如何袒护和偏向这个女下属。她说：你是没看见，不知道那女的有多恶心，长得难看不说，一见老板，从眼神到声音到肢体语言，全都变得像麦芽糖似的，又甜又黏……

我问：你能吗?

这位朋友吓一大跳的样子，说：那他还是杀了我吧!

对老板来说，众人眼中的恶心，恰恰是他需要的，他只想要多多的麦芽糖，甜死腻死也在所不辞，偏偏众人都不理会他的这种需求，他也只是个男人而已，空等无望，为了安抚他内心咆哮的欲望和自尊或自卑，哪里顾得上什么叫公器私用、什么叫体统?

相信绝大多数人，都有无法面对的人和事。

人往往可以躲开人，躲不开事。因为人的时间和精力有限，纠缠不了太久；又因为人有自尊心，一旦觉得你在躲，大多数人会不再执着。

而事情，对人是真正“无感”的，所以它“无视”人的躲避，人也就避不开它了。

无法面对的事，不要让它从背后袭来，那就正面迎候吧。

有的人，不是待人不用心，而是不真心。那样，最初的相处也会愉快，谈话也能投机，但是终究难长久。

有的人功力深厚，起初让人觉得是真心，但是，终究经不得回味。

一个人，不怕别人对你第一印象不够好，也不怕相处过后渐渐淡却，怕就怕给人第一印象太好，然后，回味不好。

“四美具，二难并”，人，终其一生，很难得到这样的成全，一波未平一波又起，或者，按下葫芦浮起瓢，这才是生活的本来面目。

好不容易工作顺利，又有一位朋友久别重逢，体检就被查出有一两个指标让人心惊肉跳了；如果身体也无恙，笑容可以放心浮上脸庞，但也很难笑全；因为父母病了，住院了。奔波求医，挣命陪夜，终于父母出院了，来不及躺下大睡三天三夜，孩子在学校出状况了，班主任有请家长去学校，蓬头垢面去学校的路上，手机短信来提醒了，电话账单扣款失败，请注意账户余额……

运气好的时候，自己、老的、小的都平安无事，家里的男人也没有因为工作压力而阵发性神经病，那么，可能像着了魔似的，家里的好多东西会一起坏掉，从升降晾衣竿到书架，从电高压锅到电煎药锅，甚至半夜里闹钟也会一声巨响掉到地上，玻璃罩面摔成地图纹样。

就说身体，有时候胃疼过去了，头疼也好了，好不容易睡一宿好觉，起来看到阳光灿烂，刚觉得可以“重新做人”，又发现不知道什么时候，手上被莫名其妙地划破几个小口子，伤口细小到看不见，但是一沾水就疼。“十指不沾阳春水”自然做不到，还要沾许多稿纸、信纸、打印纸，薄挺的纸，刀锋一样在手上到处留下吻痕，而忙碌的人，却根本顾不上察觉。

既然烦恼不足以致命，高兴自然也别想千足金，安稳也别指望长久。生活就是扫兴大师，或者说是平衡大师。

最好的分寸，便是恰好。

而恰好的分寸，是不到中年，不可能把握的。

凭着这一点，中年人对年轻人拥有心理优势，远比用古驰的包、卡地亚的表、夏奈尔的套装去欺负人家，要明智得多，赢得也漂亮得多。

现在的年轻人很少从心里敬老的。

有人说，是因为他们是独生子女，自我中心惯了。我觉得不是，或者至少不是主要原因。

因为这是个经验最不值钱的年代，一切不停地变化，昨天的经验就是今天的笑话。而年长者，如果没有经验的支撑，就很难建立价值和尊严。

这样一想，又能够明白那些在年轻后辈面前用大牌行头耀武扬威的中年人了。年轻时按部就班地服从老板、尊敬前辈，慢慢挨到自己成了前辈，整个时代的规则却改写了，根本没有人来倚重和敬重，不用挥霍年收这最后一招出口气，你叫他们怎么办?

我从心底里原谅和声援那些中老年人。

咖啡厅里两个女人的对话："要死啦，我发现我真的老了呀，你不知道，那天我发现……" 以下耳语不可闻。

"别提了，我怎么会不知道！我也是这样的！"

证明一个确实老了，而且另一个也是，这真是悲哀。

然而不知道为什么，她们两个是笑着的，旁边看着的我也是。

有时候，人对人不深究，不是不想、不能，而是不敢。尤其是那种不能摆脱的关系，或者不能更改的感情。一探究，就会看到一口深深的井，黑洞洞，探究的人真敢探头张望吗？

这里面，并非善良，无关宽容，纯是怯懦。

有时候疲倦又烦闷，就会渴望一个人待着。

不需要什么海边，不需要什么园林，只要在家里就好。也不需要有服务员招呼，更不需要家里人陪伴，只要一个人就好。

一整天，不需要考虑别人的存在，不需要照顾别人的需要和感受，大脑回归一种“空”的感觉，几乎就是睁着眼睛睡觉，这是最好的休息。

但，往往听着音乐休息个大半天，就会随手翻出一些书来看，这时候看的，都是真心喜欢而且让人放松的。就像一个人累极了，只能见见最知心的老朋友。

衰老是一个奇异的过程。就是它的发生始终是伴随着当事人的难以置信。

快。那么快。有一次，办公室的落地长窗外面，出现了一轮无比夺目的落日，像沸腾的钢水，像燃烧的红玫瑰，像巨大的正在融化的咸蛋黄。李清照所说的“落日熔金，暮云合璧”，一直也不觉得多么好，但是真要找一个比喻代替她这句，却又着实的不容易。

同事们纷纷惊叹，说要拍下来，其中的一个人，拿着手机走到窗边，就在他走过去的时候，太阳落了下去，消失在一团灰紫色的雾霾之中。

一个人的衰老，让我想起那天的落日。

衰老这件事很无情。特别无情。

原来自信的部分，最先剥夺；原来的缺点，不用说，立即放大。往右走，显得为了扮嫩失了分寸；往左走，更显得老上加老。

如果一个人足够幸运，半辈子都没有尝过失恋的滋味，也无须夸口，因为终究会尝到的，就是被青春、被年轻的一切抛弃的滋味。是你那么深爱的，那么习惯依赖的，那么不可缺少的，但是就这样毫无征兆地弃你而去，那么无情，那么猝不及防，那么头也不回，那么决绝。

难怪大部分中年人的脸上都没有笑容，原来都是失恋的人。

听人家议论别人的潦倒和失意，或者感情方面的波折，总是表现得倾向于同情，至少理解和包容，极少指责与鄙视。

有一个朋友说：大概因为你写作的缘故。

我觉得不是。又过了几年，有一天，我突然明白了，这是因为我从来不是一个自信的人，按照通行的社会标准，我一直不成功、不成熟，将来也不知道如何，并且我对自己能够符合那个通行标准也感到前途渺茫，所以我宽容所有的失败者，其实是宽恕或者预先宽恕我自己。

是的，做人不易，恕人即恕己。我要宽恕我自己。

人流中看到一位朋友，竟是人流中最不开心的一张脸。确切地说，是她这张阴沉得很深刻的脸庞，像初冬雨后黑魆魆的马路上的橘黄落叶一样显眼，然后我才认出是她。

她浑身的不开心镇住了我，我没有叫住她。

转过身来，我下意识摸了摸自己的脸，担心地想：别人在人群中一眼看到我，会觉得如何呢？

人长大后想哭的时候，往往都不能哭，眼泪总是往肚里流，所以胖的人越来越多，而且越上年纪越胖。

说什么“心宽体胖”？里面可能都是一包眼泪在晃

荡。或者是一包气，整个人就是一个受气包，哪一天一不小心，都能飘起来。

什么时候真的觉得自己老了？

2014年，中医还在提醒我少吃点红肉，到了2015年，我自己对医生说：现在肉量不行了，不再每天吃肉了。医生笑了："正常。"

我心里咯噔一下，然后也笑了。她见多识广，我至少不能显得少见多怪。其实，真的受了一次不小的惊吓。

2015年，眼睛有时会干涩、胀痛，喉咙里常有异物感，后来知道叫作"梅核气"。还有，有一天接了别人打给母亲的电话，挂了以后，就忘记了是谁打来的。

我亲切地对自己笑笑，对自己说：正常，正常。

照顾老年人，有两点是会让人绝望的。

第一，他们需要的是儿女如同大人对孩子的照顾，但是他们想同时拥有长辈的指挥权、评判权和优于你和你的配偶的自尊心。哪怕已经在各方面都处于弱势，仍然不打算和自己的孩子平等相处。为什么人往往更愿意照顾孩子？不但是因为孩子娇憨可爱，也因为你所承受的辛劳和压力，可以通过对孩子喝止、训斥甚至怒吼来宣泄。而对于老人，你要随时像大人照顾孩子那样照顾之，又要时刻接受他（她）像教训三岁小孩那样指责你，教训你。这一点，或许可以将之归于一种脱离了社会之后回归人原初的自私来理解，并且容忍。

第二，上了年纪，自私是被允许的，但是，他们其实又不懂得如何较好地“自私”，即不知道怎么才能让自己的晚年过得更加好，从物质到精神得到较好的保障和照顾，换言之，他们根本不会打自私的算盘。让人骇异的是，他们很任性，往往不知道自己在说什么，不知道自己在做什么。往往一句昏话、一个眼神，就毁掉了维系了几年、几十年的关系，而这是他们晚年赖以生存的基础。他们的人生经验不知去向，以一种无知无畏的态度，漫不经心地随便对待将要在死榻边照顾自己的人。就像在沙漠中的行人，随随便便打碎了所剩无几的珍贵的水罐，好像他们不需要饮水一样。

让儿女没有以上两点感觉的老年人，与儿女始终保持感情、智商、礼数、趣味双向交流的老年人，是理性和感性调和、人生积累和年龄相称的智者，拥有的是优美的老境。若能和儿女保持默契，则是超凡脱俗，成了圣人。

昨天再一次谢绝了在电视里出镜。

十五年前，有一个在电视台工作的老同学对我说："你抓紧上电视，最多还有五年。"嗯，有些人的行业优越感就是如此明显，他假定人人都喜欢上电视，又假定我因为衰老失去了上电视的机会必定后悔莫及以致于影响生活。当然，他是好心。我微笑着谢过了他的提醒。然后，三个五年过去了。

还是没有想通：为什么那么多人喜欢上电视呢？

那么光天化日，纤毫毕显。甚至一直觉得演员是太苦的职业了。

现在，又开始网上直播了。以后，应该还有什么，帮助人们更快、更迅捷、更广泛地抛头露面。

上穷碧落下黄泉，整个世界，无论是人是鬼，好像都无处遁形。

多么艰难，多么恐怖。为什么那么多人热衷呢？

看到一篇文章，在说郁达夫和王映霞的婚恋公案。

有些是我本来知道的：比如王映霞非同寻常的美貌，比如郁达夫为她抛妻弃子，比如他们后来不但分手而且撕破了脸，郁达夫在香港发表了《毁家诗记》十九首，斥王映霞红杏出墙，极尽刻薄。

有些是我不知道的：郁达夫是在对原配提出离婚但事

实上并未离成的情况下，和王映霞走到一起的。郁达夫的“自曝隐私”并非始于分手，而是始于他们订婚之后、结婚之前：他写并出版了记录两人恋爱细节的《日记九种》，并且畅销。他们婚后，王映霞并非如一般人想象的被郁达夫金屋藏娇，她是用外祖父给的钱在上海常德路延安路口的一个弄堂里租了房子，然后操持家务，生了四个孩子；他们的爱消磨得很快，有一次王映霞怀孕七个月，郁达夫甚至拿了家里的五百元存款，跑回富阳老家，企图和发妻重归于好。他后来把“情敌”写给王的信复印分发众亲友，还在她的一件旗袍上写“下堂妾王映霞改嫁之遗物”，并在报上刊登《寻妻启事》，公然说她与人携款私奔……

此文可喜之处在于立场比较现代，比较同情女性，强调了王映霞的付出和所受的屈辱。

再一次感叹：果然从事文艺的人，婚姻容易多事，或许文艺这些行业真的“有毒”，使人不容易成为好的家庭成员。

郁达夫的作家天性，使他特别不善于控制情绪，不但不擅长控制，而且过于丰富的联想，反而使他的情绪一触即燃，不可收拾；而他的文学观，似乎使他认为写作可以凌驾于生活之上，写作可以凌驾于别人的感受与尊严之上，于是他将隐私理所当然地视作绝好的写作素材，于是他暴露得既充分又无底线。然而，这样的行为，不但与一个绅士、一个真正的文人，相距很远，甚至都不能归于正常的范畴。可是在他本人，可能就是觉得文学正需要这样的袒露、撕开伤口的勇气，又可能因为拥有不寻常的才华，所以自己的一切都不需要“正常”，也许以上两者都有，一起发挥了作用。

作为作家与诗人，未必不正确的写作策略，完全断送了他作为一个人的感情生活与家庭生活。而他作出这一系列选择的时候，竟然像个哭闹的孩子或者暴怒的狮子一样，完全是不假思索的。

沿着这个直觉，突然对过去一直不能理解，或者将之视作心理病人的郁达夫，似乎第一次有了一些理解。

我的人生理想

明月当空

水榭山亭

丹桂浓馥

素兰幽芳

茶泉两新

嘉朋三五

肥蟹一篓
九雌十雄
一口大锅
随蒸随吃
锡壶一把
陈年黄酒
生旦各一
游园惊梦
清风徐来
万念俱灰

有时候，有了一个好消息，想告诉一个故人，但是信息录入了一半，又一个字一个字删掉，因为不想打扰人家。这样的事情，扪心自问，每个人也都是有的吧。

这是成年人的无奈，也是成年人的好处。对于某个特定的人，我们动的念头，不再是亲近，而是体谅了。

所以，我会这样安慰自己，那么多没有音讯的故人里面，肯定也有一两个，是这样对我的。不是忘记了，只是出于体谅，没有来打扰我。

此刻的我，感到了一种深深的凄凉，混合着隐隐的暖意。这样与世无争、与人无碍地持一点妄断，即使有点自欺的可笑，也没有什么不妥吧。

心平气和。这个词不是一种状态，而是一个过程，心要平，气才会和。

但是心要平是一件多么难的事。飞鸟的心，走兽的心，我们不知道，人的心，是不容易平的。

长恨人心不如水，等闲平地起波澜。

人心就是水，人心就是险滩和乱石，所以随时随地等闲就可以起波澜。

“和家里人发生不和更辛苦，还是和单位的人不和更辛苦？”一个朋友问。

“和自己不和最辛苦。”

所有的人都沉默了。

中老年人看年轻人总觉得冲动，其实这正是年轻的特点，也是年轻的好处。

中老年人自己不冲动，是因为能量渐渐不足，更因为吃的亏多，已经满心怯意。

所以温和大方的年轻人、刚毅果决的中年人和热情单纯的老年人，都是具备了这个年轻通常不具备的优点，最是难得，也最值得珍惜。

人什么都可以算计，但不能什么都要，更不能什么都算尽。

不肯付出真心去对人、做事，专心于算计，往往算尽的，不是机关，而是自己。

一旦涉及孩子，人就分不清“无私”和“自私”了。

如果人像昆虫一样只活三季，甚至像蜉蝣一样朝生暮死，或者像大马哈鱼，千辛万苦繁衍后代，然后就死去，人就不会有这么多的辛苦、苦恼、痛苦和矛盾了。

人的无穷无尽的烦恼、痛苦、辛苦、矛盾，恰是“人是高级动物”的证明。所以，让我们且活且忍，且苦且心安，且痛且无怨吧。

（二）

何谓知心？你高兴时，和你相视而笑？你为时光流逝、亲友离去而流泪时，为你默默拭去泪痕？

真正知心，互相之间话会越来越少。不必为了打破沉闷而随口说些废话，因为见面从来不闷，因此几乎可以不开口。一旦开口，自己也不预先知道会说什么，因为完全随心随兴，不经过大脑。

听到一则朋友的绯闻，而且饭桌上有人用手机翻出那个女子的照片众人传看。

我看了，马上恢复平静，有人问："你怎么有点放心的样子？"我答："不愧是吾友。道德或许有瑕疵，审美绝对没问题。"

听见男女声对唱，女子尖细缥缈的声音反复唱道：因为爱情，因为爱情。

一时回肠荡气。这首适合女人唱，只有女人会如此执着于爱而苦涩酸楚。许多女歌手的歌，男歌手翻唱了，总觉得别扭，就因为这一点吧。

因为爱情，人受苦的理由中最美的一个。正在受这个苦的人受着也罢，也不必觉悟了，人生在世，横竖要受苦的。

他对她说“恍如隔世”，她并不伤感，所谓隔世只是觉得遥远，也还是远远的记得。

一起经历过，多年之后都记得，两个人都没有后悔或者羞愧，这样好的结局，还要怎样呢？

况且“恍如隔世”，有时候和“历历在目”是一回事。

“你这个真好看！”在茶餐厅餐桌上，一个短发而相貌平庸的女子，伸手抚摸对面另一个女子的发饰，堆在前额的一大堆布做的花朵。这位被关注的女子的相貌，更令人难过。

突兀的装扮，不得体的举动，有时是博取注目的最后努力。但，如果知道注目之后观众的观感，是否还会这样努力？难道是因为心存侥幸？

看一个外国现代舞团的演出，舞跳得很好，一切无懈可击。应该有人很喜欢，但那个人不是我。

就像女孩子面对一个各方面条件上佳的男子，理智都想劝说自己去嫁给他，可是感情反复地摇着头：不是他，真的不是。

剧烈的双人舞的某个瞬间，让我想起多年前某个人在一个特殊时刻的奇怪表情，那个表情不是一个表情，而是许多许多的表情，缠绕在一起，都打了结。在这个双人舞的瞬间，我突然明白了，他在说：不要走，听我说！但，我怎么说，你也不会明白。那么，还是再见吧。

坐在剧院的黑暗中，对着台上流光溢彩的两个人，我喃喃：我明白了，再见。

抒情的双人舞，舞者用肢体反反复复地说着一句话：不要离开我，不要离开我。不要离开我……不、要、离、开、我。不——要——离——开——我——不要！离！开！我！

不要离开我。这是人们在想说的时候通常都忍住了的一句话，因为知道说了也没有用。

“男女之间关系，只有两个结局，老死不相往来，或升华为家人。”忘记是谁说的了，但到了某一天，突然觉得这句扫兴的话，不可反驳。

独自坐在机场，总会被一层巨大而柔韧的伤感包裹。

总像告别一个温暖的家，一个深深眷恋的人；又像是永远失落了他们从此找不回来。

不，不太像这样，更像——满心盼望结束疲倦又孤单的旅程，回到一个笑容和玫瑰一起盛开、所有亲人都欢聚在一起的家园，一个可以哭笑由人、自由自在的天地，但是心里明白，这一切并不在飞行的那一头等着我。即使我飞得那样高，比白云还要高，即使我飞得那样远，飞过无边无际、让人词穷的大海。飞行的那一头，没有我渴望的一切，在等着我。

机场的广播一遍遍响起来。但——“正在前往自由幸福的旅客请注意”，这样的登机通知永不会响起。

清明前几日，还没去扫墓，突然读到白居易的两句诗：“冥冥重泉哭不闻，萧萧暮雨人归去。”

真是悲哀。真切而深沉的悲哀。

一句说阴间，一句说阳间。阴间，那里的一切无从得知，只知道哭声和泪水都无法到达九泉，因此和那边的亲人无法进行任何有效沟通，不要说真的见上一面了。这其实是说，对彼岸来说，此岸做什么都是无用的、无效的。惟有被唤醒的重逢的虚妄渴望，迎接冷酷现实和理智的寸寸凌迟，倒在地上垂死挣扎。阳间，哭到声嘶力竭、头昏眼花、气短神疲之后，没有任何奇迹发生，重逢渴望终于在此死去，天快暗了，又下起了这时节常见的冷雨，也只能黯然起身，回家去了。一路上，人处于一种哭泣后的麻木，不再哭了，但天一直在哭，在哭。天看多了人间的悲哀，难道也会伤感吗？

阴阳两隔，至亲至爱，总有这一天，都不能免。哪朝哪代，什么制度，都不能免。生死茫茫，其实是人类很难承受的痛苦，但是竟然一代代地承受了。

亲人死去的悲哀是巨大的、撼人的。

一方面你失去了最亲近的人，这个变化带来难以承受的痛苦，而且承受了痛苦之后，这个损失却再也无法挽回也永远无法弥补。

另一方面你看清了一个事实：将来的某一天，你自己也会如此。确实可怕，但，并没有别的可能。

据说人是惟一明确知道自己必定会死去的动物。这一点，万物之灵为所有的占先与便宜付了代价，而且是足够的代价。

清明是个不轻松的时节。

任何祭扫，看似重逢，其实是分离。重逢是虚幻的，所以并不温暖；分离，确认了已经发生了的生铁般的分离之后，又一次经历分离，这才是真的。

清明就是和死去的亲人又一次分离。不过这一回，你可以不被打扰，体力和心力也有了余裕，来安安静静地哭上一场。

说春天“万物复苏”是错的。那些芽、叶、花，都不是去年的，是新的了。去年的芽、叶、花，已经一去不复返。

不但是“去年的雪，如今安在”？去年的芽，去年的叶，去年的花，如今安在?

就像校园里，广场上，永远有那么多年轻人，但不是同一批了。

去年的芽和花，过去的年轻人，都不再出现。

有一种人，是天生的伤心人。

晏殊为官几十年，富贵荣华，妻妾美姬，亭台楼阁，歌舞欢宴，谁也不知他为什么能写那么多心事重重、缠缠绵绵的情诗。

还有李商隐、纳兰容若，那么深切的爱之哀伤、恋之凄酸，也并不全来自现实。现实中，他们的感情创伤不见得比常人多或者深。

可是，他们是天生的诗人。也许花谢、叶落、风过、雪化，也足以伤怀。一个梦，一个身影，一句话，一声箫，亦足以撼摇心魄。

何况，知己会离散，美人会离开，自己会老去，韶华匆匆，飞一般掠过的都是好时光。

元好问写下“问世间情为何物”，催生的并非他本人的感情，甚至不是人类的，而是飞禽的痴情。

因此，对诗词，苦苦追索所谓“本事”，是寻常人以寻常思路来探究，但这些伤心人都不是寻常人，因此，大可不必追索，只管沉入诗境，不辜负异代而一的伤心，也就是了。

林黛玉也是天生伤心人。或者说，曹雪芹是。这和家道败不败落没有关系。家道不败落，他也许写不出《红楼梦》，但他是宿命的“伤心人”，诗意地感受和对待这个世界，却是天生的。

《陶庵梦忆》中的朱楚生亦是伤心人，而且她也有个来路的。

《红楼梦》里第二回说：有一类人，来路是“正邪两赋而来的”，禀灵秀之气与邪气于一体，“上则不能为仁人为君子，下亦不能为大凶大恶。置之千万人之中，其聪俊灵秀之气，则在千万人之上；其乖僻邪谬不近人情之态，又在千万人之下。若生于公侯富贵之家，则为情痴情种；若生于诗书清贫之族，则为逸士高人。纵然生于薄祚寒门，甚至为奇优，为名娼，亦断不至为走卒健仆，甘遭庸夫驱制。如前之许由、陶潜、阮籍、嵇康、刘伶、王谢二族、顾虎头、陈后主、唐明皇、宋徽宗、刘庭芝、温飞卿、米南宫、石曼卿、柳耆卿、秦少游，近日倪云林、唐伯虎、祝枝山，再如李龟年、黄幡绰、敬新磨、卓文君、红拂、薛涛、崔莺、朝云之流，此皆易地则同之人也”。

这一流人物！

《红楼梦》里，宝玉、黛玉是，妙玉、尤三姐、晴雯恐怕也是。张岱是，他笔下这样的人也不少，他所欣赏的“女戏”朱楚生，也正是。“楚生色不甚美，虽绝世佳人，无其风韵。楚楚谡谡，其孤意在眉，其深情在睫，其解意在烟视媚行。性命于戏，下全力为之。曲白有误，稍为订正之，虽后数月，其误处必改削如所语。楚生多坐驰，一往深情，摇飏无主。一日，同余在定香桥，日晡烟生，林木窅冥，楚生低头不语，泣如雨下，余问之，作饰语以对。劳心忡忡，终以情死。”

“多坐驰”“以情死”，这不是纯粹的诗人、天生的情种吗？

这个情，不一定限于对某一个人的，并非仅仅为了张公子李公子。所谓“一往深情，摇飏无主”，就是天生一段痴情，至死方休。

张岱也是这一路来的人，所以是朱楚生的知音。

女人应向男人学习，将感情只当作人生的一个频道。这样可以避免毁灭性的痛苦和终生动荡不宁。

但那样，是女性的进步呢，还是女性的异化？真的做到了这一点，除了身体，女人就和男人无异了。

婚姻制度肯定无趣，但并非没有必要。婚姻许人三件大事：

（一）日日相守。

（二）心里踏实。

（三）老有所依。

不能实现这三件，再浓再痴，也只是感情而已。

现实的人生是森林，是大地。而感情，只是风过树梢，光过水面。一掠，或者几掠。

情人节的珠宝广告，“谨纪念 我为你心动的那一刻”。

心动了一下。

也许，现在只有“我为你灰心的那一刻”了。

时光派落叶、枯草通知你
然后是月盈月亏 一年四季
通知了一次 又一次
若你执迷不悟
会派一个特殊而重要的人
来告诉你：你老了。

才知道知心可以到这个地步——无趣的地步。

一句话，还没说就知道对方会怎么回答，更知道那句回答没错，但也于人无益，于事无补。

知道对方懂，但懂也不能为你做什么，解决什么。

只是懂，只有懂。这样的懂，有时不如不懂，因为不懂带来的无奈不会如此令人绝望。

只是懂的懂，教人看清人生的边界。

有个朋友，起初见面如沐春风，自我剖白也是我认同甚至佩服的那一种。来往的几年里，渐渐觉出一些和最初感受不同的，但终究也没有大的破绽，让我怀疑自己太苛刻。

有一天喝着茶，突然想：这个人，回味不好。

好茶，不但气味要正，滋味要厚，回味、喉韵也很重要。人也是这样。有的人，太淡了，来往过也就罢了；有的人，倒不淡，可惜回味不好，慢慢地，最初的好印象也会受影响。

心思敏感，作为人，一辈子是要多受许多苦楚的。

有种说法是：敏感的人多感悟，人生的深度不一样。

再多的感悟如何抵得过那些苦楚？除非是挚爱，否则什么都抵不过敏感的人所受的苦。

仅仅挚爱还不够，而且要长相厮守，终身不渝。

但，长相厮守，终身不渝的挚爱，那个福分，不是人人可以修到的。那个概率，比高速公路九车连撞低多了。

听了许多三角关系的故事。

恐怕那个关键的轴心的人，多多少少要负主要责任的。不是花心的责任，而是为潜在的兼而有之的愿望。

因为法律、舆论、文化，已经在所有人头脑里植入了“惟一”的软件，谁想（哪怕是暗暗想）兼有，就是作乱，作乱者当然要承担责任，付足代价。

如果配偶爱上了别人，除了断然分手，已婚者如何保卫婚姻？无非是一个拖字。只要拖下去，总归是对婚姻有利的。每一年，即使山不加增，恩义不再增加，但婚龄总会自动多一年，人也老一岁，荷尔蒙与分开的冲动都弱一分。更重要的是，这是克敌制胜的利器，每过去一年，婚外的感情也会衰减一分，等候在你家门外的人的忧虑、不甘与失望更会增加几倍，“天下多事”几乎是一定的。

如果谁要保住婚姻，切记人后哭泣人前欢笑，只管不动声色地拖下去，啊，对不起，失言了，是“过”下去，实在是上策。

“可是，他都不爱我了呀！”

对不起，我们在谈论爱情吗？从头到底，我们在说婚姻。

如何挽回改变了的心？如何收回泼掉的水，打翻的牛奶，掉在地上且抹好黄油一面着地的面包？

能够保住的，只有婚姻。爱情，自有它的发生原理和运行规则。

“如果他重新再爱一次呢？”

那也会是别人，新的别人，也不会是原来的这一个。

想明白了之后，只想保住婚姻的人，其实可以活得很单纯。

感情如流水，婚姻如河床。每条河床里的水，水量各异。也不是所有河床里都有水的，有的就是干涸的河床，一滴水也没有。

但干涸的河床也是存在。

当一天里你的所思所虑最后都指向同一个人，喜怒哀乐都跟一个人有关，就像指南针一样，那么，上帝保佑，你在爱着。

这样的爱法极其危险。但一生都没有经过一次，又十分可惜。

微信里看到一句：男人最失败的不是没有女人爱你，而是爱过你的女人觉得自己瞎了眼。

哈哈哈。忍不住马上想象：一个男人，站在街头，三五个前女友走过来，每人清清脆脆地来一声“我当初瞎了眼”，未等她们走远，那衰男“咚”的一声撞了墙。

忍不住独自笑了起来。

即使是幸福的人，幸福在其一生中也只能占据一定长度，而不是覆盖全程的。

选定一个最爱的人，运气好，对方也选定你，真心相守，珍惜在一起的每一天，每一分钟，到这个人离去，幸福的时间就到头了。

到头了就是到头了。不应该再作挣扎，比如到处哭诉，比如再找一个人来填补。因为这是上天的安排：时间到了。

幸福过，已经是抽到了上签。譬如买彩票，怎么能在中了一个特等奖之后，马上指望再中一个大奖呢？花开过，也许还会再开；幸福来过，却不会再来。所以叫福无双至。

看一篇文章，说“二战”期间，是一群流浪汉，保护了本来注定毁坏的科隆大教堂。以为是危言耸听，结果——

许多无家可归的流浪汉，包括不少盲人、残疾人、孤儿以及失业者，每天晚上寄宿在教堂地下的甬道。“二战”后期，盟军决定轰炸德国西线最后的据点科隆。科隆人纷纷逃离。流浪汉们知道无力保护大教堂不被炸毁，于是决定将教堂的玻璃壁画都拆卸下来，保存起来留给后人。他们不分昼夜地奋战，就在快要拆到最高层的时候，盟军的轰炸机呼啸而至，流浪汉们放弃逃命的机会，坚持继续拆卸，好几个人仅吊在一根绳子上，全身悬在塔外面，和轰炸机近在咫尺。奇迹发生了，轰炸机的炸弹放过了大教堂。整个科隆被夷为平地，只有大教堂依然耸立。当时作出决定的盟军军官说：“当你看到一群衣衫褴褛的人，将自己悬在高高的塔尖之外，不顾生死地抢救壁画时，相信你也会作出跟我同样的决定。”

虽然“震撼”这个词已经被糟蹋得不成样子，但我还是要在这个词最初的纯净的意义上说：我，被震撼了。

如果人能够豁出性命，许多事情是可以改变的，奇迹也是会发生的。

如果他们想：靠我们这些人在战火中保护教堂，这是不可能的，如果他们在飞机到达之前害怕了，如果他们最后时刻退缩了，教堂都是保不住的。但是，他们没有。流浪汉豁出性命，只是想保住教堂的壁画，但是他们保住了整个大教堂。

这些流浪汉，是历史上的一面镜子，照得今天的我们矮如侏儒，扁平如纸，血冷如冰。

如果愿望没有实现，不要归咎于他人、时代或者命运，不要说原本就不可能，扪心自问：豁出性命去争取，你敢不敢?

自然，命只有一条，人只能活一次，要何等强烈的热爱、心愿、念头，能让人豁出性命呢?

如果一辈子都不曾怀有这样的愿望，是大平安，但是平安里是否也透着丝丝缕缕的悲哀?

如果你对一个人好，但是心里暗自怀疑这个人不配你这样对他（她），那么这个人绝不会觉得你是真的对他（她）好，而且你也确实没有真的对他（她）好。

有时候，人与人，注定是要翻脸的。三观不合，气味相斥，但上苍作弄，偏偏要日日相见。出于显而易见的原因，当事人知道不宜决裂，于是再三权衡、时时暗示、处处容忍、适度反击、再次磨合、小规模发作，适时挽回，再忍耐……几年之后，终于还是忍无可忍地决裂了。

这时候双方都显得伤痛。一方面是因为猝不及防，另一方面是因为几年的心血终于付之东流。

敏感、细致的人，处在人群中是危险的，就像一个细瓷器放在一群粗陶器中间，然后去经历长途运输。不能怪粗陶器粗野凶恶或者居心叵测，只是细瓷器和粗陶器磕磕碰碰，你说谁先碎？

而人生，就是这样的长途运输，我们都不能选择与谁同车。

关于爱情，我目前的理解是：两个人想在一起，心甘情愿地付出，也直截了当地索取。

好的爱情，是自然而然地形成了这种关系，并且希望持续下去。

关于缘分这件事，我听到过一个解释。

缘分和生死一样，都是有定数的。就像看电影，每个人都有固定的位置。要同一个电影院，各自走进去，正好一个 12 排 5 座，一个 12 排 7 座，这就叫缘分。隔开几排，看不见，就不是缘分了。

还有一种，同一排，一个 5 座，一个 7 座，但是一个看的是上一场，另一个看的是下一场，还是不成。（我想：这可能是所谓的“异代同心”？）

缘分是极小的概率，所以可心的人能遇上是幸事，这份幸运绝对不那么容易发生。因此，那些在爱情上没有具体标准、只想要“遇”的人才会郁郁而老去。

面对不可理喻的人，首先感到的，不是愤怒，而是理解的困难。有时候到了这种地步：究竟我们两个，谁是白痴？真是心理灾难。

有一天，我又面对了这样的一个人，再次感到了满心困惑。到了晚上，看老树演讲的一个视频，无意中得到了启发。老树在演讲里说，当年读大学，流行弗洛伊德，“人有两种原欲，性欲与攻击欲”。

真是大学毕业太久了，我怎么忘了这句话？本来人就有攻击欲，况且如果另一种原欲得不到满足，能量转入这一种，也在情理之中。

“人生所遇无不可”，包括所遇之事，所遇之人。可是总归要给我一个理由，我理解了，才能接受。这一次，因为老树帮我复习的这句话，我理解了白天所面对的那个人。

苏东坡的标准，竟由弗洛伊德来支持，倒也出乎意料。

婚变、情变的故事听多了，不再像早年那样当场判断是非黑白。

有一天，终于对几个朋友说：我想来想去，感情里面没有真理。就拿你们的鲁迅先生来说吧，如何论是非？谁是真理化身、道德化身？无非立场罢了，而非学术的立场无非情分罢了。

若我是朱安的亲友，自然希望鲁迅与她一心一意白头到老；若我是许广平的亲友，自然希望鲁迅与朱安一刀两断，办盛大婚礼迎娶许广平，就像蒋介石为了宋美龄所做的那样。

一位朋友问：若你这两个女人都不认识，只认识鲁迅呢？

我说：不管两个女人的死活，支持鲁迅。

他们说：你倒干脆。

其实绝大多数人都是这样，只不过有的人没有意识到，有的人碍于身份不肯或者不便说出来。

男人也不是不可以“大男子”的。或者说，我也不是不能心服口服地自己承认是“小女子”的。

如果在太平年月可以对妻子或者恋人说：“回家吧，我不要你在外面辛苦委屈。”并且回到家中可以琴棋书画，种花筑园；而不是起早贪黑、柴米油盐。

遇到战乱或者动乱年月，可以说：“别怕，跟我走，一切我都准备好了。”而且他真的从体能到心力，从钱到护照都准备好了。

我真的可以心甘情愿地成为第二性。

人允许自己堕落时，有的是理由。不允许自己堕落，理由却很简单，就一条：我不。

这和爱情相反，爱情是，如果不爱，有的是理由，成千上万条；而如果爱，理由也只有一条：我爱。

看京剧《秦香莲》，第一份感慨是：人允许自己堕落，便有的是理由。而若是能坚持做自己，只要一口气在，就有云开日出的可能。秦香莲、韩琪、包公、客栈的店主（小老儿），都做了自己，守住了自己。

秦香莲告诉人们：哪怕是在那样绝望的处境之中，人仍然可以活得有自尊，讲道理；纵受五雷轰顶的艰难，万箭穿心的痛苦，但是依然可以有尊严地活着。别人厚黑，不必成为你变坏的理由；别人没人性，不必成为你扭曲、变态的开始。

在这个戏里，最可悲的是陈世美，他的可悲之处不在于遇上了不能用金钱收买的女人和不畏惧皇权的包拯，而在于他一步步丢掉了自己，最后丢掉了一切。他的人生多么不自主。而不能自主的人生，哪还有什么美感和意义可言？

困于情的朋友问我："我前世做了什么？这辈子要这样苦！"

也许是曾经为父母而在饥荒年忍心弃其幼婴，那婴儿被别人抚养长大，终身不知道父母是谁。

也许曾驾船，见岸上有人被追捕而径自拨转船头离开，那个逃人被拷掠半死，买到边地为奴。

这辈子，那个人就化身成这个让你心碎的人，因为，人家，本就是，讨债来了。

还没说完，朋友说：要是这样说，为什么那婴儿不冻死饿死？为什么那个逃跑的人不被万箭穿心？

我微微一惊。却原来，再苦她也不想解脱，只想前世欠的更多，今生陷得更深，灭顶，一起埋葬在这段情缘中。

这样的人，其实又强大过世间大多数人。他或者她，只需要听众，不需要像我这样的怯懦之辈的劝告和安慰。

真正的知心，是一见面就彼此交换“不足为外人道”的好消息和会心的笑容。

更是多年不见，找个时间和空间坐下来，半晌无话，然后——

“你好吗？”担心的语气。

“挺好的。”相对而笑，虽然都苦涩。

或者——

“我很累。”

“我知道。”

没有解救的办法，但是那重要的一句，暗号般吐出来之后，（一切都可以承受）多了。

一个朋友见到我，说“明明记得你长发的样子，现在见了你短发的样子，就想不起来原来的样子了。”

想起一位老先生。老先生的弟子的第一任妻子是老先生熟悉的，后来离婚，弟子娶了另一个，老先生这样发表观感：“人真是奇怪啊，原来看他和那一位，觉得是天造地设，现在看他和这一位，也觉得很般配，很顺眼。”

最初一定会有点不习惯，但接受了新的之后，就忘了老的样子。习惯的过程，是克服陌生的过程，也是覆盖旧印象的过程。

克服不了的，会躲进回忆，躲进梦境。而现实中，新印象一定会覆盖旧的。

生活是大地，对生活的深入体察是跑道，现在许多写作者总是把飞机当成汽车在开，在跑道上跑来跑去，从不起飞。不知道是精神追求或想象力的双翼，哪一边出了问题。

发动机是什么？是感情。爱恨越强烈，动力越强劲。

人和人的矛盾，有时候不是谁要和谁过不去，也未必有绝对的是非，就是完全不同的人，带着完全不同的价值观和性情，就像几个积木，有的圆，有的方，有的三角，被老天爷玩笑般地扔进一个小的时间、空间单位和利益格局里，互相碰撞在所难免。

何况放积木的盒子还要经常颠簸。

有一些男人，最大的特点是，他们要的太多了。

多得常常让人心想：凭什么？可是男人有雄心或者野心，是被传统文化和主流社会赞许的，所以，不能公开责备或者讥嘲这一点。

第二个特点是，他们实在太爱自己了。

爱自己没有错，爱得过分，爱得眼里心里没有别人，没有世界，虽然可鄙，但仍然可恕。

第三个特点是，他们话太多了。

做过的事情，绝对要表白要吹嘘要渲染；没有做过的事情，更要陈情要剖析要辩解。

贪心且自恋的男人，再加上话多，就令人无法忍受了。

（三）

从年轻入中年，也是从知道“不能什么都要”到

“不必什么都要”的过程。

拥有太多，也是负担。所以许多上了年纪的人，都把身边的东西到处送人、捐赠。

“多财为累。”父亲在的时候，经常这样说。有时候摇头叹息着，有时候微笑着，带一点无奈。其实，他能有什么财呢？如他自己一直知道的“像我这样的穷教书匠”。可是对于身边的不合穿的衣服、不需要的书、瓶瓶罐罐、偶尔吃不完的食物，他还是会脱口而出：“多财为累。”

其实惟一“累”了他的，是满纸的文章。

三月，晴暖午后，带儿子下楼散步。

一个四五岁的小女孩突然冲过来，对着儿子说：“你要去哪儿？你要回家了吗？”儿子看她一眼，不理睬，继续走。那小姑娘继续追：“你要走了吗？我能和你玩吗？”披肝沥胆，非常热切。

我说：“小妹妹和你说话呢！”儿子仍是不屑一顾。一阔脸就变，自己刚刚长成大儿童，就厌弃小童了。

后来我批评他：“身为帅哥，遇到女孩子搭讪，要有风度。”儿子不屑地答：“嘁。”他才十二岁，我故意指鹿为马，哈哈。

当父母，总要有点福利吧。

三月的午后，阳光明亮。从办公的三十多楼往下看，楼、车、人，小而清晰。对面是一个幼儿园，此刻，孩子们在玩，有的骑在木马上，有的奔跑，跌倒，低头哭了……

父亲在天上，也是这样看着我们吧。突然感觉。应该是这样：高处，看低处；暗处，看明处。

我会努力不跌倒，即使跌倒了也马上爬起来，决不低头哭泣，这样高处看着的人就不会担心了。

那些说“你好好在家待着，我挣钱养家”的大男子，其实是把自己当成女人头上的第一重天。

若是能力和胸怀够，还能天高云淡，可是顶天立地的能有几个？往往能力也有限，于是这层天就太低了，有时如屋檐。做了专职主妇的女人，就不得不低头了。

（2011 年 4 月 5 日　清明）

天气晴好。下楼看桃花、海棠。阳光与阴影一线之隔，太阳下已经完全是融融春意，阴影里立即阴冷，风也猛。

希望父亲不冷。看着我们在阳光下。我们替他看花，好好看。

晚上喝黄酒，是父亲习惯喝的古越龙山十年陈。不提防泪就淌了两行。

想：当年奶奶进火化炉，爸爸号啕的样子，仿佛也就几年前；但是那个号哭的人也过那边去了，我也为他哭过了。痛叠着痛，没变出什么来。

又想：当年奶奶半夜秉烛看在外求学假期回家熟睡中的父亲，以致烛火烧了帐子，那目光，大概和我如今半夜临睡前给儿子盖被子时看他的目光，完全一样吧？原来如此。

原来如此。如此，不能说称人心意，但仍有丝丝悲悯在，让人哭完了发呆的时候，从心里挣扎出一点温暖。

生儿育女，所延续的血脉，是离去的长辈留下的一部分生命。

做了父母，才懂得父母。在理解父母上，做了父母的人要胜过不做或未做父母的。

“不孝有三，无后为大。”老话实在无趣，但不是全无道理，说不得要稍稍理会。

无趣的道理仍是道理。人有老人类和新人类，而道理不分新旧。

遣责变心的人，这当然是全社会允许、舆论也支持的。可是——那爱得久一点的人，迟早也会不再爱，那么对那个先于自己不爱的人，又有什么可以怨恨的呢？

相爱时，被先爱一方激发而后爱的一方，并不会对先爱的那一个特别感激，不会对这一点念念不忘，因为以爱回报了爱。

那么，不再相爱时，被放弃或被辜负的那一方，为什么要对先从爱里走出去的那一个特别怨恨呢？如果你明白，你迟早会以不爱回应不爱。

看到一个标题，一个叫素黑的人写的："活着就是大爱。"

如果能爱一个人，爱到这个地步，人生的问题大概能解决一半：你活着就是大爱，你快乐就是大恩。

冬天往热馒头里夹黄油，是 ANCHER 牌的。吃槟榔芋、赤豆粽喜欢蘸蜜。喜欢吃肉。喜欢猪油拌面，喜欢油条，虽然很少吃。这些习惯，渐渐地，也分不清是爸爸的，还是我的了。

枣泥饼，小时候爸爸从苏州带来的。

栗羊羹，爸爸去天津开会带回来的。

万年青、杏元饼干、椰子糖、大白兔奶糖，用南洋饼干的铁盒子装着，从上海带到福建给我的。（因此我至今喜欢各种漂亮的饼干盒子、糖果罐。）

虾仁炒蛋。那是70年代末80年代初，母亲因为扁桃腺手术住在长海医院，父亲难得地下厨几天。那次他带我去了南京路上的七重天，在侨汇商店里用外汇券买了一大袋冰虾仁，很大，很新鲜。那时家里没有冰箱，必须当天吃光。父亲把所有虾仁加上几个鸡蛋，做了一个虾仁炒蛋，异常鲜香，父女俩吃了一顿奢华的虾仁蛋面。我到了医院里，对母亲说，爸爸手艺比你好。

其实是因为爸爸不计成本。人的性情，即使在厨房里也会表露无遗。

·

爸爸牙齿不好，早早就满口假牙，大半生深受其苦。全家都习惯把饭做得软一点，所有的菜都尽量煮烂。

直到他离开了，发现可以让蔬菜酥烂而依然碧绿的办法（炒几下之后加冷水闷煮），还有看到可以用粉碎机将一切食物打成糊，让我想起他而心里难过。

做满分的父母，是不可能的任务。难度和做个完人差不多。

但是未做父母之前，谁也不好意思要求你是个完人；一做了父母，顿时所有人来苛求你，而且苛求得天经地义。

天热了，发现王家沙开始卖冷面了。王家沙的冷面，品种很多，有大排、辣肉、香菇面筋、鳝丝，都拌以花生酱，味道不错。只是分量太猛，似乎将客人都设定为体力劳动阶层，服务态度依然相当“计划经济”，让人觉得服务员嘴里随时会蹦出“供应”那样的词汇。

那天吃着冷面，突然想起杜甫。杜甫吃“冷淘”，觉得好吃而思念起皇上，心里想让皇上也尝尝。

我吃到好吃的东西，往往是想到父母；父亲不在了，会想到母亲。其实也是自私，希望把好东西快快分一点给母亲，她先吃过了，我好安心地大快朵颐。

有时也会想到爱人和孩子，或者某个特别爱吃眼前这道菜的好友。

一食未尝忘君，杜甫真是一个情种！不要说什么忠君对不对、封建不封建、愚不愚昧的话，古人讲的是“天地君亲师”。而杜甫，他不但对君王如此，对家人，对朋友，对邻居，对曾经萍水相逢而再度邂逅的人，甚至擦肩而过的陌生人，无不有情，无不真心，无不赤诚。

这样一个感情发育得十分充分、十分健全的人，在诗人中并不多见。而且托曾经盛唐的福，他一生贫苦坎坷，始终不曾变态，丰富的感情也不曾枯竭，近乎奇迹。

确实，他是诗圣，也是情圣。

周末，父亲说："不好意思，我打一个工作的电话。"正在玩耍的儿子立即答："是不好意思。"

初一升初二的暑假，孩子蹿个子的速度，即使天天见面，都让人暗暗吃惊。

我对他说，以后我会记不清的，你要记得，是初一升初二的这个暑假。他认真地答：我会记住的。

栾树的颜色颇为娇艳，绿色的羽状叶，一串串的花，黄色的、红色的小灯笼，挂了满树，又热烈又喜庆。

可是每次见到它，总是有一点淡淡的伤感，不知道为什么。后来有一天，走在家附近的一条路上，看见栾树掩映下的一个幼儿园，才恍然大悟。那个幼儿园，是多年前孩子上过的，当时因为家里没有老人帮忙带，他不到三岁就入了园，结果哭闹得异常剧烈，足足哭了两个多月。他每天进幼儿园的路，都是浸泡在泪水里的，送完他出来，也常常心里难过，这时候举目一望，总是看见栾树，于是栾树就无辜地印上了一层伤心色。

唐诗里的“伤心碧”，只是“非常绿”的意思，“伤心”只是当时口语，形容程度厉害，并无悲伤之意，但是我眼中的栾树，却是真正蒙上泪光的“伤心艳”。

我住的小区的每幢楼的一楼都没有住户，做成一个架空层，雨天可以在那里散步。其中有一幢楼的架空层，我只要到了那里，心情总会莫名其妙地变差，有几次甚至想哭，而且未待哭出来就已浑身乏力、眼睛干涩、心口像掏空了似的，这分明是哭得太久的症状。

因为发现了为什么栾树是伤心的树，我后来也比较容易地想明白了：这个架空层，是父亲去世之后，我在病中的一年经常来散步的。当时因为体力实在差，总是在这个最容易走到的架空层散步，结果，整个空间都成了伤心的空间。

竟然会这样。甚至意识都近乎忘记了，被精神创伤所重创的身体却还本能地记得，做出因为时过境迁而显得多余的应对。

想写一篇小说《本命》：一位母亲七十二岁本命年后对女儿渐渐冷淡，她似乎越来越顽强地守着自己的小城堡。她总是说年轻时太苦了，现在不想再委屈自己。

作为女儿，需要偿还时代和父亲对她的亏欠。当然是错觉，因为根本偿还不了。女儿觉得不是我欠的，母亲觉得根本没有得到偿还，于是母女各自觉得委屈。

怀孕起，始觉众生平等，始觉自己无非是个女人，只是个女人。还觉得天下所有生育过的女人、正在怀孕的女人，与自己都有共同语言。只要比我早行一步、先当了母亲的人，都可以提供我所渴望的、宝贵的经验之谈，都可以有“一语惊醒梦中人”的提醒，或者对已在懵懂中踏上歧途的我当头棒喝的真知灼见，令我五体投地，不论她是个做清洁的临时工或是个连小学也未毕业的保姆。自然而然，我已经学会了谦卑，充满喜悦的谦卑。

生下了孩子，终于成为生命链条上的一环。欠父母的，将还在孩子身上；欠天地的，将还在何处？只有，先用我的心血文字还，然后，用我自己，还于天地吧。

每次想到让父亲见到了第三代，我就觉得自己要孩子是多么正确。当父亲最后住院的时候，四岁孩子不知忧愁、清脆甜蜜的一声“外公”，在病房里有如天籁（母亲也这么说），父亲的脸上马上露出了笑容。

我永远记得那个笑容，一切代价都是值得的。

闺蜜曾转述一位学者的话：看过妻子怀孕、生育全过程，男人就很难下决心离开她。闺蜜当时对这话很感慨，我们也相对嗟叹了一番，好像还讨论了这样的待遇是否平等，是否真正的善待。

到我自己经历了全过程以后，觉得那位学者也许不是男女平权主义者，但确实是一位人道主义者。

在 *ELLE* 杂志上看到一款“没有刻度的表”。

人生的刻度，每个阶段是不一样的。曾经是上学、放学、暑假、寒假，后来是吃饭、睡觉、看书、喝茶、上班、下班、出门、回家……生了孩子，刻度变了，是吃奶、睡觉、洗澡、大便、小便、换尿布……

从未如此彻底地顺从生理需要过，当然，不是我的生理需要，是婴儿的。

看杂志，20 世纪，21 世纪，突然惊觉：我与我的儿子，生在不同的世纪！居然是不同的世纪，一个是生于 20 世纪的人，一个是生于 21 世纪的人。

顿觉时光的苍茫，便是母子血亲也不能互替的命运的玄妙。

失去父亲的感觉，不知道别人是怎么样的，有点像原本脚下的大地突然往下陷，最初的冲击过后，又发现脚下的土地变成了流沙。慌乱追着慌乱，哀痛叠着哀痛。起码过了七八年，流沙的面积才缩小，缩小到可以装进心里。

有时候不小心，一碰，流沙马上刷刷地往下泻，心的一块都变成沙粒，在哗哗地往下泻。

父母爱孩子，其实是爱自己。

尤其是面对长得很像自己的孩子，分明是一个小小的你自己，眼巴巴地看着成年后的你，你如何拒绝呢？

许多时刻，只想把自己小时候没有得到过的一切，都拼命弄来，给他，给她。

能够克制住这个冲动，也是因为爱，因为父母的爱里面还是有理智的，知道不能宠坏孩子。

家长管教孩子，盯得紧的，往往是自己吃过亏的方面。

自己当年没有好好念书，孩子逃学上网吧才会往死里打；自己清高放弃了仕途，就容易盼望孩子当上小队长、中队长；自己曾经为了安定放弃了发财机会，就会对乱花钱的孩子骂“败家精”；自己性子狷介或者急躁，节骨眼上得罪过人，遇孩子顶撞老师就会怒不可遏……

管孩子，其实是悔自己；骂孩子，其实是恨自己。后悔得越厉害的人，对孩子遗传的“缺点”越容不得，越想赶尽杀绝。

但往往无效，因为孩子多少遗传了一些家长的脾性，家长其实是和自己作对。而人和自己作对，有史以来都是很难赢的。

早教，奥数，学区，择校，成绩排名，A、B、C、D、E档，小升初，中考，重点高中，自主招生，高考。

这是许多家庭十数年里的关键词。孩子从记事起，头脑中、记忆中最重要的事情，不是和父母的相处，不是爷爷奶奶外公外婆的疼爱，不是天空和云彩，不是大海和湖泊，也不是蝴蝶和蜜蜂，不是任何一本书，任何一个手制的玩具，甚至不是家里人做的任何一道美味，而是功课和考试，泰山压顶一样的。中国的教育，真是到了天怒人怨的地步。

这样生活着的大人和孩子，怎么会健康愉快？怎么会有笑容？这样的日子，就像一块粗麻布，虽然可能算得上实用，但怎么会有美丽的肌理和光泽？

孩子进入期中考复习，我突然想起我读复旦附中的时候，父亲看到我为了考试而日夜苦读，精疲力竭，就说："考而不死是为神。"

我把这个告诉了孩子。他静静地看向我，目光内容复杂。不知道他是否懂得一个过来人加母亲的更加复杂的心情。

对爱人和亲人，人最容易犯的错误是：希望改造他们，至少让他们改掉一些缺点，其实就是让自己不满意的地方。

但是我们看到了，绝大多数人都改不了。因为每个人就是每个人，天生的遗传和禀赋，加上后来的经历和环境，造就了这个人的这个样子，其实他自己也是没有办法的。这不是考试，这次八十分，你努力一下，下次也许就九十分了。

虽说“玉不琢不成器”，但人并不是玉，只要剥离外面不美的璞皮，再琢去杂质和瑕疵，就臻于完美。

谁说人是玉？其实人更像一间房子，里面有四根柱子，有的人是三根松木一根樟木，有的人是三根楠木，却有一根杂木，每个人都有一根用差一点的木头做的柱子。要人改掉所有缺点，其实就是要去掉那根不好的柱子，但实际上，那也是支撑这间房子的柱子之一，是不可以去掉的。蛮横地逼迫着去掉，这间房子可能就塌了。

所谓的谋前程，所谓的善社交，无非是教人如何在适当的时候，将那三根好柱子迎向别人，而将那根差柱子藏进阴影里，不要惹人嫌弃和厌恶。

所谓的血亲，所谓的真爱，无非就是明知道你有这根柱子，不但一股脑儿地接受包容了，而且在你需要的时候，帮你加固这几根柱子，不论是好木头的，还是差木头的，都一视同仁。因为他们只希望你这幢房子结实，长久地站在这里。

听到两个小情侣吵架：

“你又和她见面了！不是说你再也不理她了吗？”

“不是我去找她的！是她来找我的！”

“她凭什么来找你？凭什么？你不对她那么好，她会来找你吗？”

起初觉得是那个女孩子小心眼，后来想想，不无道理。任何人和前任之间纠葛不断，很难说是前任一个人的问题。

那个男孩子，不能果断地清理过去，又缺了点担当，恐怕是对哪一头的女孩子都不能周全保护的。

冬至前，连续梦见父亲，实在思念，于是冬至去扫墓。

看到一家子向外面走，有几个面容肃然似有余悲，惟有一个中年男子，看着手机说：“哟，涨停了！”

如果年轻的时候，我会觉得这个人不孝不仁缺心少肺，至少是不太成体统。但是现在，我觉得他也许实践了人生的真谛。对于离开了的亲人，该祭奠就祭奠，该思念就思念，可是生活，还是要继续。悲伤过后，尽快继续原来的生活，而且有滋有味，兴兴头头的。

祖先，还有已经离开的生我们养我们的人，一定也都这样希望。

（2016 年 5 月）

6 月底，在王家沙买了条头糕。

当天吃了一条，糯米皮子和豆沙没有清香，就是甜。第二天问遍家里人，没有人爱吃。

其实自己也不怎么爱吃。那么为什么会买？每年都会忘记没有人爱吃条头糕的事实，认真买上两三回，然后勉勉强强地吃掉。为什么？

然后想起来了，是因为父亲。父亲喜欢吃条头糕。准确地说，他可能也不是那么喜欢，但是他对条头糕，给予了其他点心没有的礼遇。我十二三岁的时候，每次吃条头糕，他总是说："鲁迅喜欢吃条头糕。鲁迅日记里写过的。"后来，一看到瓷碟上两根玉色里蕴透着紫水晶色的条头糕，我就会说："鲁迅喜欢吃的！他日记里写过的！"

父亲就微笑起来。于是，每次吃条头糕，都是我和当时决不亲近的鲁迅先生最接近的时刻。

现在，则是一种微茫的思念寄托，与鲁迅无关了。

想到自己的父亲已经离去十年了，顿时觉得身边所有的人，没有谁不能得到我的体谅和原宥。

父亲都不在了，自己经历了这样的巨创，明白了人都是可怜的，因此真的不想与任何人计较，哪怕是我曾厌恶、鄙视过的。

更主要的，父亲都不在了十年了，一个人还有什么可计较。

听到姜克美演奏的京胡曲《夜深沉》，第一反应：好听。

第二个反应是：爸爸肯定喜欢。

一阵难过，然后在旋律悲怆若有人呼天抢地的地方，安心地、仿佛十分知音地流下眼泪。

这里我要不顾儿子可能的反对，写一点点和家庭秘密有关的事情，因为这里面蕴藏着一个方言与古汉语的秘密。

我们家的秘密之一就是孩子的小名，他生下来之后，母亲对闽南的亲友报告他的情况，自然而然地说："小条如何如何。"在闽南，所有的婴儿、小孩子，不论男女，都有机会被亲昵而略带调侃地这样叫：小条。我们成天小条长小条短，不知不觉，这就成了儿子的小名。儿子的这个小名，其实几乎等于没有小名，因为这个称呼完全不特指，差不多就是"小家伙""小朋友"或者沪语"小句（鬼）头""小囡"的意思。

北方的朋友不理解，说："哪个字啊？"

母亲不知道，问在泉州的、身为作家的我四舅，也不知道，于是母亲猜测道：会不会是“小调皮”的意思，是“小调”？

我觉得闽南话里的声调不对，就猜：会不会是一种鱼的名字？因为小孩子成天乱扑腾，活像一条鱼？可是母亲不知道有什么鱼的名字是发这个音的。

短信里我们就随便将这个不知道怎么写的字写成了“条”，北方的朋友抗议道：“让人想到‘条子’，不如写作‘小苕’。”苕？湖北话里，那不是傻瓜的意思吗？不行不行！于是还是写作“条”，明知不对，但又无从改起，就这样过去了十几年。

2016年的夏天，孩子为了完成暑假作业，来找我背《桃花源记》。这篇我早年自然也背得烂熟，所以拿着书也没真的看。熟悉的地方没有风景，哪怕是桃花源。就在他背完要安全撤退的时候，我觉得不能就这样草草结束，为了表示对千古名作的尊重，我叫住他，说：你有没有发现，“黄发垂髫”这四个字有点特别，写的都是头发，其实讲的都是人。黄发是老人的特点，垂髫是小孩子的特点，这是用局部特征来指代整体，这叫借代。

他问：“髫和髻一样吗？”我说：“不一样，髫是……”

我突然停住了，然后大喊一声：“啊！是这个字啊，髫！”孩子被我吓了一大跳。

垂髫，指幼童。所以闽南语用来说孩子的，是极古的两个字：小髫。

就像闽南人“筷子”是叫“箸”，锅子是叫“鼎”，走是说“行”，而说“走”却是“跑”的意思，和文言文一模一样——就是蔡桓公病入膏肓时，“扁鹊望桓侯而还走”的那个“走”，也是“荆轲逐秦王，秦王还柱而走”的那个“走”。都是性命攸关的事情，你说他们是走还是跑？

于是，我赶快告诉所有亲友，儿子的小名终于找到了对应的字：小髫。年轻的说：“哇！画风瞬间改变！”上年纪的说：“有古风！”

而我，是由衷地惊叹：闽南方言，果然是古汉语的活化石！

还有：开卷有益，古人诚不予欺也！

有一天，对孩子说：少壮不努力，老大徒伤悲。

他说：我背过这句。

我说：你觉得吗？这里面最可怕的，是那个“徒”字。“徒”什么意思？白白地。伤悲还不要紧，都伤悲了，还是白白地伤悲，就是说一点用都没有，多可怕。你要记住这个字。

然后自己喝茶，想找一个比这个“徒”字力量更大的字（要副词，不能是“死”“灭”这样的名词），觉得还真不容易。

到了晚上临睡前，突然想出来了。就是《红楼梦》里“痴迷的，枉送了性命”的“枉”字。

作为人，送了性命，已是现世、肉身的结束，哪里经得住一个“枉”字来抹煞得一干二净?

不是忍不了煎熬和痛苦，而恰是架不住“徒”与“枉”，所以才有那“看破的，遁入了空门”吧。

大舅去世后数日，因为马上在一个特殊场合见到许多朋友，不可能不切换到从微笑到大笑的频道，笑着笑着，也觉得自己是真的开心了。有一次笑得厉害了，大笑之后的眼泪却止不住，转为伤心哭泣的眼泪，然后自己略显狼狈地拭去。

在不久的某一天，应该会找到一个合适的机会大哭一次。如果没有机会，我可以看一个悲哀的电影，听一首哀怨的情歌，或者，在深夜的海棠树下，呆呆地凝望满树的海棠花在一阵几乎成功地压抑了的轻微啜泣中滑落一瓣，又一瓣。

二

红楼隔雨相望冷

“9·11”。汶川地震。马航事件。今年的一连串天灾人祸……

每次，都让我体会到，什么叫万念俱灰。

可是，若每回真是灰了，灰透了，灰尽了，到下一回怎么依然还有活蹦乱跳的万念，等待又一次的灰？

如此说来，万念俱灰这件事，也不是一次便可以完工的。竟是一次次的灰，新的“万念”仍旧一茬茬悄悄长出来。生了又灰，灰了又生。

人生，除了这一口气，就是尚未灰尽的万念了。

对园林“借景”一说总不太服气。这有何难？周围都是美景，不借也借了。

城市里的寻常家居，不是不想借，不会借，是无景可借。

到如今，园林四周也高楼渐起，园林借不到景，水泥丛林要反过来搅扰和吮吸园林的灵气了。

说起2010年上海胶州路的火灾中，有些人判断错误，以致于没有能及时逃生，大家各种痛惜、扼腕、不解、叹息，有一个深度经历过“文革”的人说：“文革”时好多事，就像这次火灾，事后一看，都清清楚楚，但当时真是完全看不清，也很难判断。

有道理。“文革”和火灾确实很相似。都是不曾经历过的，都是猝不及防，都是一片混乱，都是远比任何估计、想象更可怕的灾难。

日本大地震时日本人镇定有序，令人印象深刻。

一位朋友说：“他们简直是为灾难而生的民族。”

一位说：“他们在非常时刻这么正常，所以会在看樱花时哭。”

另一位说：“都是老天的安排。如果把这种素质给中国人，中国人又这么多，还了得？”

终于他们来问我怎么看，我沉吟了一会儿，说：“但愿中日永不再战。”

（2011 年 1 月 20 日，大寒，雪）

雪的缓慢，是日常中少见的速度。所以一见之下，总让人微微一惊。看雪，会想起“自在飞花轻似梦，无边丝雨细如愁”。神似。而且雪既是花，也是雨。是梦之花，雨之魂。

下个不停。好像一直在空中飘着，从来没有落到地上。

雪的缠绵，让人生怕没有人可思念。雪对干枯、粗糙的日子是一种反讽，对麻木得不彻底的心境是一种考验。

（2011 年 2 月 28 日）

看奥斯卡典礼。自由、无拘、洒脱、纯洁。没有一个官员，开口也不用先谢国家，而是随便与妈妈、奶奶打招呼，充满人情味。

无限感慨。

这样的花朵只能生长于自由的土壤。有些土壤不能开出这样明艳的花，只能长出树和骆驼刺。

树对城市、骆驼刺对沙漠，很重要。

但是，花真美呀！

不这样想的，还是正常的人吗？

看各种新闻报道，“宝马男”“奔驰女”撞人碾人，十分可骇。细想想，可能就是“手握利刃，杀心自起”之理。好车令人生豪气、戾气，对他人的生命生轻视之心，对一切生可以随意处置之错觉。

但车能轻易碾死人，车却不能顶罪，要负责的是人。忘掉这一点，何其可悲。

日本海啸形成的“垃圾舰队”，令人不寒而栗。

那是粉碎了的城市和生命。真正的“伤心太平洋”。

有时候会在梦里听见日语的报站名，经常是：下一站是，西か原四丁目。这是我留学的老牌国立大学当年所在的地方。

昨天梦见，在东京，要走进一个大会场，在门口悄悄停步，用日语默念一串开场白，觉得口涩，对自己不满意。

已经过了那么多年，留学的压力居然还在。

看到一个词，形容桂花盛开时的闷热天气，叫“木樨蒸”。

有意思，似乎那份“蒸”似的闷热，是为了木樨的吐露浓芳。蒸出一世界的馥郁，闷热又算得了什么？少不得忍了。

自己胡思乱想，可不可以把夏天的酷热，叫作“荷花煎”？一季所有的热，换来荷花盈盈出水，倚风而笑，那种风姿那种明丽那种清香，夏天，不说容易熬，至少也熬得值了。

后来看到另一个“同理可证”的词，是“桐花寒”。想了半日，干脆再凑一个“蜡梅冻”，四季就都齐了。

桐花寒，荷花煎，木樨蒸，蜡梅冻，念着好，想着更好。

樱花之所以比桃李杏梨都美，是因为它无叶。纯是花，就很纯粹。越纯粹，越美。

人们也不指望她的果实。它与“实用”距离很远。

美，就是摆脱实用性。

美本来就是无用的。

（梅与海棠是相似的例子。）

八重樱最让人明白什么叫“花团锦簇”。

八重樱又叫日本晚樱，但看上去明媚欢快，并不“日本”。

紫荆条直接从枝条上爆出一簇簇紫红色的花，过于直接，于是显得突兀，浓烈的颜色也因此有些村俗气，像直奔目标不顾仪态也不知分寸的人。

○

清明三候，桐始华——清明之日桐始华。

这说的是泡桐，不是梧桐。桐花是清明之花。

桐花颇奇特，不论紫色的还是白色的，都带些灰调，将新作旧似的。古诗也说它“可惜暗澹色，无人知此心”“年年怨春意，不竞桃李林”，这又把桐花当成了伤春、失意的花。

总觉得桐花美得破败，艳得荒凉，是一种近乎无望的奇兵突起，近乎天真的一败涂地。像唐诗中的李贺。

荆歌书画展在杭州江南会馆开，主持会馆的袁敏女士邀请，群贤毕至，妙语纷纷，樟树正扬花且纷纷落下，我说：“天花乱坠了。”

每人一杯龙井放在茶几上，樟树的花很容易掉进去，我说不知道要不要紧，邻座的叶兆言说：樟木可以驱虫防蛀，这花掉进茶里，恐怕对人也不太好。可巧那茶几有两层，于是他把茶杯放到茶几的下面一层，用茶几面挡住那些纷纷落下的“天花”。看着有趣，我们也都仿效了。

这一天，打开首饰盒的时候，突然恍悟为什么真正的美女往往嫁了有钱有势的人。并不一定是势利或者俗气。

只有那样的人，才可能照顾她，保护她。

自古好物不坚牢，红颜也是脆弱的，易污，易碎，如一颗大而娇嫩的珍珠，需要一个外层坚固、内层锦缎的盒子才能保全。

一方布，不论是麻布还是丝帕，都不能代替那样的盒子。这不是尽不尽心、尽不尽力的问题。

还在谈论林青霞。她的美，她的独一无二，她的情路坎坷。看她因为伤心，在镜头前落泪，说“我命不好”，真的心疼。

再多的赞美，再多的倾慕，有什么用？我们都不能帮上一点忙。

比起邓丽君，她又算好的了。老天真的是给人一些，不给另一些？

但，为什么日本能出山口百惠和三浦友和？而我们，秦汉终究让林青霞失望，连巩俐，当年那导演也不肯娶呢。

想想让人伤心。林青霞这样不世出的美人儿，巩俐这样的好女子，真心起来，还是会被辜负。

我们的文化，真的有问题。

泉州开元寺的大雄宝殿的对联：此地古称佛国　满街都是圣人

奇，奇，奇。

突然想：什么时候要写一篇小说，题目就叫《满街都是圣人》。

在福建，谈到一对大费周折而终于结婚的名人，一位作家说："重新开始只是一种错觉。"心里一惊。

确实，人在各个阶段都会盼望重新开始，却很少仔细考量过"重新开始"的可能性。过了四十岁，好多事，要"重新开始"，其实已经是不可能的了。而这位作家所言，似乎是指人生的任何阶段，都不存在所谓的"重新开始"。

读过一篇《永恒记忆》的影评，里面有几句话：生活是在平淡中继续的，不会有太多大起大落，不能不顾一切从头开始，它只是像河水一样永不停息。

这么透彻而冰凉的事实，我到现在才看清。可是，如果三十岁就看清楚了，人生也实在可怜。

李叔同到底为什么要出家?

和几位作家到泉州，在开元寺谒过弘一法师纪念馆，这个问题再次绕上心头。

回到上海，听到一个人说："他就是没事找事，作！"

在杂志上读到台湾禅者林谷芳说，是因为宗教型人格。

依然尊敬弘一法师，依然不知道李叔同为什么出家，但发现：思考弘一，可以见出思考者的本性。

天津塘沽燃爆事件，岂止惨不忍睹，还惨不忍闻，惨不忍思。又忍不住要听，要看，要想。

心塞。种种无语，层层悲哀。一种深深的无力感。

人生在世，实在太苦，种种煎熬，种种无常，瞬生瞬灭，无止无休。

各种宣泄，各种咒骂，各种呼喊，其实尽皆无助无望。虚空啊虚空，一切都是虚空。

突然想：说不定，李叔同就是为了解脱这种感觉而出家的？

看一个中国传统色谱名称表。那些颜色，仅仅是写下来或者读上去，都是那么美妙那么大方那么生动那么含蓄那么优雅，那么让人心生喜悦。

月白，柳黄，象牙白，蟹壳青，品红，雪白，乌黑，漆黑，水绿，鸭卵青，鱼肚白，黧色，缁色，霜色，妃色，海棠红，蓝灰，牙色，驼色，黛蓝，黄栌，紫檀，鸦青，水红，素色，墨灰，苍色，黎色，绾色，玄青，黛绿，水色，墨色，酡颜，黝色，茶白，竹青，胭脂，黯色，缟色，藕色……

第一次知道“黎”是那样深而混沌的颜色，简直就是淡一些的赭石偏茶色，或者很深的卡其色。难怪呢，黧黑也可以写作黎黑。一直将自己的名字和“黎明”联系，若说颜色，也只会想到天边的鱼肚白，从来也不喜欢这么深和不透明的颜色。哎呀，真是让人如何是好。

“黎”这个颜色，应该是黎明前的黑暗吧。

玄青，是意料中的颜色。和绀蓝很接近。它们是一路的。所以，我在小说《穿心莲》中，把女主人公叫作“深蓝”，那个男主人公呢，就叫“漆玄青”。

几年不再看自己的第一个长篇，深蓝好像成了失联的往日的自己，漆玄青，则成了一个生活在远方，并无往来但偶尔会想念的故人。其实，作家笔下的人物，只可能个个都是自己，却不可能哪一个都不是自己，更不可能作品里哪里都没有自己。

为什么姓漆呢？其实当初是想到“七弦琴”，用了接近的音。可是从来没有人发现，倒是有读者来要求改写成团圆结局，似乎没有人关心他们叫什么。

埋在小说中的“七弦琴”，无人知音。在这个深夜，由一个关于色彩的微信触动，终于还是我自己轻轻地一拂琴弦。

关于上海

上海没有浪漫，因为太现实。上海也没有放纵颓废，因为放纵颓废也是不计成本的。

上海是反小说的。

生存环境的逼仄，迫使所有动作、选择都小幅度，几乎无法产生戏剧性。

对规则、契约的强调和服从，对他人生活的热切比对与互相认同的本能，更是戏剧性的死敌。

艺术化人生或许也可以较少戏剧性，但需要惟美与适度虚无。而上海，是最务实最具体的。

写上海的小说，如果被认可了，读者很可能不是对文学感兴趣，而是对上海。

严歌苓这样描述生活在海外的华人：既不属于这头，又不属于那头，始终是一种漂移的状态。但慢慢地，在漂移的状态中长出根来。

作为外来者，我始终不能成为上海人，但上海也使我不像一个闽人，我也是两头不靠的那种人。

这种生涯的惟一好处：一开始就清楚地意识到自己是个异类，从不真心追求趋同，于是一路做自己，不期然地近乎我行我素了。

沪语很有趣。

出手大方，亦舒谓之“手段疏爽”，可以说成“慷慨”“豪阔”，北方人会上纲上线地说“太够意思了”“真没得说”“真敞亮”，闽南人会温和地赞“有心”“厚礼”。可在上海人口中，当面是说你“客气咪”，背后则是“伊格人（他这人）要面子来兮”，听上去总像你在玩虚的，死要面子活受罪。或者“这个人钞票乱用的”，听上去似乎说你没个算计，缺心少肺似的。

若是贴心贴肺，惠而不费，也实实在在，落到实处，他们倒是认可了，又成了“实惠”，听上去像清仓处理的货色。

沪语涉及钱，没有一个好听的词。有钱是“有铜钿”“有钞票”，乱花钱的是“脱底棺材”；开销不大的小享受是“小乐惠”；“贵”是“巨”，问价后常能听到一声惊呼“腰细了，嘎巨啊”（要死了，这么贵啊），或者：“嘎巨，侬勿要吓杀人噢！”

还有“合算”。平时从婚嫁到消费到一切谈判，总要掂量一下是否“合算”，音同“格算”，听上去如玻璃杯里小冰块的撞击，琐琐碎碎的，带来微微的喜剧感。

相对于有些地方的人的容易反复，上海人的谨慎世故便显出了好处。虽然也会变化，但是往东也走不远，折向西也走走停停，便是出尔反尔也不明显。

北人易冲动，又好夸张，于是好的时候大呼小叫惟恐天下不知，反复起来也山崩海啸般让人心惊肉跳。比如于史有征的张学良。上海人，什么都且行且掂量，且不以夸张为美，倒是显得克制了。

在南京西路陕西路口，等过红绿灯的时候，有一对五十岁左右的夫妇站在我前面，看穿着和体态是这个城市里辛劳而疲惫的人群中的一对。女人好像因为男人给了兄弟姐妹或者朋友什么钱而心疼，在低声埋怨："侬自家勿想想，格又不是一趟两趟，啥宁（人）吃得消？"男人的眼睛一直看着信号灯，看不见表情，不知道是觉得理亏而内疚，或者是经常遭遇这种抱怨而不耐烦。

绿灯亮了，男人先跨出一步，然后回头看了女人一眼，用眼神招呼她"走啦！"女人立即跟上，并且用手轻轻扯住了男人衣袖下端，她一扯住，男人的背影马上显得轻松了，两个人就那样一起过了马路。

那一眼，那一扯，是特别真实的上海的日常。上海之为上海，这一幕所提供的解释，比那些酒吧、咖啡厅、百货公司里的场景所提供的，要真实得多，强大得多。

有个朋友说某地和上海的区别是：在那里没有哪两个男女是绝对不可能的。而上海，却有许多男女是一生绝对不可能的。

“你这话是在夸上海吗？”我问。

她说：“当然是。”

有一天在一个百货公司的自动扶梯上遇到四个人。明显都是退休了的年纪，一个留着油腻长发的男人和三个穿着普通、脸上带着怯意的妇人。男人不断地说：“看到了吧？这就是好的百货公司。到这种地方来消费的，都是白领，还有金领！”一个妇人问：“金领是什么意思？”男人回答：“每个月五千块朝上的，叫白领，每个月拿到一二万块的，叫金领。”我到地下一楼买食物，他们往楼上去了。后来他们也到地下一楼来了，男人的嗓门比一开始更响了：“看到吧？什么好东西都有！质量绝对好！我们门口的超市不好比的！”一个妇人说：“就是太贵！”那个男人拿出领导批评不明事理的部下的口气：“什么叫贵？这叫物有所值！而且你们的消费观，都是不对的，你知道吗？你生活在大上海，人又多，空气又不好，你都没办法，但是上海有这么高档的地方，这么好的东西，你却不来消费，那你算什么上海人？你看看，这种三文鱼，这种金枪鱼，多好啊！那边是名牌巧克力，那边是果汁吧，还有咖啡吧。本来是卖酒的地方叫吧，现在能让你坐下来喝一杯东西的地方都叫吧了。”三个妇人大约是第一次来这样的地方，又被这样暴风骤雨地洗脑，有两个此刻脸上已经呈现自惭形秽、如梦方醒的表情，另外一个，也许是震撼过度，竟然呆呆地张着嘴巴。

我不知道他们是曾经的同事，还是邻居。但看样子，这位滔滔不绝的男人，除了这样教训她们一番之外，是不会提议坐下来喝一杯果汁，更不会掏钱请她们吃一杯年糕红豆汤的。

如果他能掏出一百块钱，请自己和三个被他教训了半天的人坐下来喝点什么吃点什么，该多好。因为没有，前面的一切显得多么可笑。

虚荣不一定可笑，有时候甚至可爱。但人往往因为配套的吝啬，而显得可笑。

上海今年第一次逼近零度。想起顾贞观《金缕曲》中“只绝塞，苦寒难受”。

以我少有的冬天到北方的经验，真正的寒冷，是让人浑身痛楚的一种感觉。痛到你想哭。

北方人坚定地认为上海更冷，是因为上海的室内温度也低，还因为上海的湿度，使寒意丝丝缕缕地往骨头里渗。上海的冬天难熬，我也这么觉得。但是北方的冷是泰山压顶的冷法，而且伴随着痛楚，如果不出门，又几乎是自我囚禁，而且那份让喉咙着火、鼻腔冒烟、嘴唇干裂的干燥也不是那么容易消受的。

所以，还是对北方的冬天心怀怯意。

读路明的《名字和名字刻在一起》，其中写上海人痴迷于“格算”（合算）的一句写得精彩——“人生是一场倾盆大雨，命运是一把千疮百孔的伞，格算是补丁。”

何其精准，何其别致。

哀其不易，所以绝不怒其不争，戏谑与悲悯调和在一起，所谓“含泪的微笑”，就是这种态度吧。

每次到锦江饭店，都在心里对董竹君深深鞠上一躬。

身为女子，在那个年代，居然敢和身为四川督军的丈夫离婚，居然带着四个女儿来上海滩闯荡，居然在时代不断过山车的跌宕年代里，打下了那样的江山，创下了那样的事业，书写了属于一个女子的传奇，以及一个人的不凡人生。

总是记得那部根据她生平写的电视剧《世纪人生》，清丽温婉的李媛媛演出了她的美与气度：她与杜月笙初次见面，穿着长衫的杜月笙与她互相拱手，口称“董老板”“杜先生”。不凡的人物自然是慧眼如炬的，两个大人物，瞬间看出了对方的不凡。

一位身世如此曲折的女企业家和享有口碑的上海滩黑老大这样以礼相待、惺惺相惜，即使仅仅在电视里看到这一幕，也不禁感叹：上海不愧是上海，中国惟一的上海。

******

渐渐不爱看一些宣讲茶道的文章和谈话录。有的太夸张，虚张声势；有的太絮叨，令人发闷。

话太多了，禅师的大棒早已举起：吃茶去！

吃茶也好，写小说也罢，懂，有懂的坏处，不懂，也有不懂的好处。

但不懂的好处不长久，懂的好处才长久。所以，还是要冒着被“懂”害了的危险，去真的“懂”，求得一份长久的成全。

莫奈的花园真美。

曾经，淮海路上复现过，在莫奈画展的户外。相当美，精致而清雅。在自然的丰富和人为的整饬之间达到了调和，明亮的太阳下，令人留连。

可惜，那终究不是真正的“莫奈的花园”。莫奈的花园是避开世界的，但上海淮海路上复现的那个花园就在街道边。车水马龙，人头攒动，声音和光线都太丰足了，干扰了需要宁静才能完全体味的美。

避世的美，才是稀世的。

可如今，都热衷于“世人瞩目”，所以没有美，只有眩目或刺目。

2015年夏。乌檐，黛瓦，白墙。绿树，绿竹，绿萝。桌上宾馆备好了小巧的茶具和香炉。苏州果然是苏州。

天亮的时候，最先看到的都是形与色。光无处不在，反而看不到光了。天暗之后，光就显出来了。暗是光的舞台。黑透了，便不见形与色，只有光了。

"要有光。"

荆歌最讨厌乱折腾的人，他说："譬如你养两只狗，老老实实在家看门便罢了。若养只猴子，你回家一看，说不定煤气罐也开开了，床上浇了水，它勤快啊。"

我到苏州，和陶文瑜、荆歌、夏回、陈如冬等几位作家与画家相见，回来后发微信向"姑苏才子"道谢，荆歌回答："才子才浅，佳人大佳。半园半日，一来一家。"自谦加取笑了。

在半园吃饭，陶文瑜定到了一个在我印象中从未存在过的包间，进去一看十分清幽，而过去来过几次，从来不曾发现这个包间。夏回说："到哪里吃饭，自己来，与和陶老师来，完全两回事。"

陶文瑜见到主厨，总是口称"某师"（听上去像是"师傅"，又像是"老师"的简称，自然更尊重些），先敬上好烟，大声寒暄几句，然后低声私语一两句，并不见他点菜，就都交给主厨了。这样端上来的菜品，总是和平时我们自己来能吃到的不一样。并不是名贵，也不是格外好看，而是——怎么说呢？每一道菜里都是知心和体己的味道。

席间，吃得正酣，聊完菜品中的奥妙，陶文瑜突然另起一段：其实噢，女人的风情比长相重要……

一语未了，荆歌说："这个'其实'两个字最重要，憋了半天，终于要讲了。"

众哈哈大笑，陶文瑜也撑不住笑了，那晚，陶文瑜的"风情论"终于被活活掐灭，止于提纲。

几位苏州文士的腕间各有几串珠子，其中各种材质，有玉、蜜蜡、青金石、黑玛瑙，还有的，不认识了。觉得沉着、温润、风雅。

也许，矜贵的是人，什么珠子、配的、挂的，一上身，就不俗起来了。

两位作家朋友都争着承认自己是坏脾气的人，想了想，举茶敬了他们，谢谢这么多年在我面前一直是实实在在的好脾气。

人人都是好脾气，人人又都是坏脾气。或者说，人人的脾气都有两面，一面好一面坏，端看不同的时候、对着不同的人，拿脾气的哪一面出来。

都是个性十足的人，十几二十年的好脾气，这里面的情谊已足够分量了。

人的距离是变化的。当疏远时，感觉变差时，口不出恶言，行不着痕迹，便是情谊了。若让人看出来，那便是不顾旧日的情分了。

不让旁人看出来，并不是为了挽回而留余地。友情破裂，其实往往是立场变了，留了余地也很难回去。

不置一词，不动声色，是对过去的顾念，以及彼此最大的维护了。分道扬镳，最后的祝福是沉默。

一次说到曾经的朋友，有点伤感，文瑜说：有些人，在你一生中就是经过的人，你就让他们经过好了。

难得他待人真挚、细致，却还能如此通透洒脱。

仿论语句式：友朴，友趣，友雅，友闲。益也。

长寿似乎和有趣是死敌。若只为了长寿，倒不妨活得无聊些。

早听到人叹息，某某某那么无聊，到现在为老不尊地活蹦乱跳；张国荣那么一个性情中人，却早早死了。但是，某某某一向那么无聊，大家早就预感他会几十年陪着我们，而张国荣那么不寻常，应该也有人隐约担心他是偶来此间作客，恐怕不耐久留的吧？

在苏州喝茶时，聊起文徵明在吴门诸子中最长寿，也最无趣，甚至五十岁起连“女色”也戒了。

“人要无趣才长寿呀。哎呀，这个这个，真是……”荆歌晃着头笑了，我们都知道，他在心里犯难了。

性情中人不易长寿，动心动情消耗之大可见。可若完全不动心、不动念，全无人情，亦“此何人哉”？

弘一那样的人，闻友人亡，亦不能忘情，“绕屋长吁，悲痛不已”（见《致杨白民之女信》），何况我等俗人？

“太上忘情，太下不及情，情之所钟，正在吾辈。”吾辈惟有认命。

陶文瑜的儿子名叫陶理，苏州话叫起来就是“道理”。

荆歌的女儿叫荆钗，信手拈来，浑然天成，古意盎然。

夏回的女儿叫夏天眉——说是车前子帮着起的名字，是天上一弯新月如眉的意思。

都是好名字。好听，不复杂，大方别致。

因为掌上明珠叫夏天眉，所以夏回在画上有时题“眉父”二字。

夏回常用的题款还有“白雨斋夏回”，我看了心想：“白雨斋”自然是他的斋名。

后来又看到“白雨斋后人”，人只一个，究竟是白雨斋的主人还是后人？一问才知：这个白雨斋竟然就是《白雨斋词话》的那个白雨斋。

《白雨斋词话》，中国词学名著，清代陈廷焯撰。《词话丛编》用光绪刊本。有开明书店本，1959年人民文学出版社出版校点本，1983年第三次印刷。1983齐鲁出版社出版屈兴国校注《白雨斋词话足本校注》。1984年上海古籍出版社出版手稿影印本十卷。

陈廷焯（1853～1892），字亦峰。江苏丹徒人。光绪十四年（1888）举人。少好为诗，宗奉杜甫。三十岁左右，始专心治词十年。《白雨斋词话》之外还著有《白雨斋词存》《白雨斋诗抄》等，又曾选《词则》24卷，2360首。

记得读《白雨斋词话》，颇受教益，如——“学太白之诗，东坡之词，皆是异样出色。只是人不能学，乌得议其非正声。”

亦不乏击节称快处，如：“黄九于词，直是门外汉，匪独不及秦、苏，亦去耆卿远甚。”

陈廷焯与夏回什么关系？夏回的外婆叫陈廷焯爷爷，算下来是夏回的祖太姥爷。夏回说：陈廷焯的词话手稿藏在苏州他的亲戚家，前几年长辈们做主，已经全部捐给南京图书馆，因为上世纪 50 年代已经捐出一部分给南京图书馆，如此终于完璧归于南图。

夏回家有一套光绪初版的《白雨斋词话》，白麻纸。

陶文瑜与陆文夫老师，有点像淘气的孩子和家长。

陶文瑜喜欢围棋而陆老师不懂围棋。有一回聂卫平来苏州参加比赛，陶文瑜去观战，观战就观战吧，他在聂大师与对手鏖战之时，凑到旁边，用手一指棋盘，好像在说“下这一手”，还让人帮他拍了下来。那个光辉而虚妄的一瞬，是围棋业余选手心中的一个梦境。

他将照片给陆老师看，陆老师没说什么，但也似乎并未看穿陶文瑜与聂卫平切磋棋艺之不可能。听到这个“精致的淘气”，我们笑得喷茶的喷茶，喷酒的喷酒，人人不能自持。

陶文瑜说："以陆老师的脾气，他当面不会说什么，但是可能遇到有人谈起围棋，他会很自信地说'我们单位的陶文瑜下得好，他都和聂卫平切磋过的。'"

他说这话时陶醉的表情，让我恨不得说："对啊，我听见过陆老师这样说呢！"

陶文瑜有一天问陆老师喜欢的女明星是谁?

陆老师很严肃地回答：费雯丽。

陶文瑜有点奇怪，三追问两追问，弄明白了，是蒋雯丽。

说是费雯丽，却原来是蒋雯丽，哈哈哈哈。

陶文瑜听到陆老师的回答后，当时就说："蒋雯丽我也很喜欢的。不过陆老师你难得喜欢一个女明星，我就让给你喜欢吧。"

想象当时陆老师的表情，我们又都大笑起来。

在黄果树，望着瀑布，觉得人生只像一阵水雾，短暂又飘忽；又觉得人生渺小如一颗小小水珠子，没有什么值得计较和耿耿于怀。面对瀑布，又伤怀又释然。

小说家戴冰居贵州，其父是作家、书法家戴明贤。戴冰之妻黄冰当公婆面开玩笑说戴冰小时候好相貌，后来越长越难看。

我说：戴冰长相的版权可不归你，是在他父母这里，你最好不要随便非议。戴老先生马上说："我们不想维权。"一桌大笑。

戴老先生时年八十岁，其开明和反应敏捷如此。

说到有的人，请人吃一顿饭、送一罐茶都必定有所请托，戴冰说："每一颗子弹消灭一个敌人。"众大谑。

贾梦玮又得一子，全家四口来上海，其次子才半岁，婴儿圆圆的、香香的，闻着如一枚大奶糖。抱在手里，又像一个大糯米团子，或者水蜜桃。就无端开心起来。

对人世的绝望和虚无，婴儿是一剂愈疗良药。所以生儿育女真是天下最值得的事情，不用等孩子长大，已得到足够回报。

说到陶文瑜，梦玮说：他是比一般人好玩很多。

我说：他完全不避俗，但不俗。众皆曰然。

说到一位朋友，本来待人周到，对自己要求不低，最近有些失了常态，好几位朋友有点诧异。

我说：可能也是环境不好吧，那里的人势利。

梦玮说：哪里都一样，还是看自己。

警句。

说到书房，还没有一间书房的我向往中式书房，大，方正，实木桌椅，最简洁的式样。沉实、大方、清雅，在里面读书写作，有一种与时间悠然共处的感觉。

但陶文瑜说：这些都是硬件。中式书房的关键是要有红袖添乱。

得了一罐凤凰单丛。上写“乌岽单丛”和“中国 广东潮州 凤凰镇”，还有一段介绍，无非产于海拔多少米，山高谷深，云雾缭绕等语，都不出奇，惟独铁盒盖顶，贴了枚红纸标签，上书“乌岽鸭屎香单丛”。鸭屎香，第一次听说这种香型，倒果真是“奇香”。忍不住笑。

茶喝了，香高，且有一股树熟水果的甜味，韵圆。果断好茶。

八月末，气温不高，但是雨下得不畅快，颇为憋闷。头疼，就开了空调，并不降低室温，只为调整湿度。结果整夜的空调之后，又觉得腹部阴阴的不舒服。

苦恼得笑起来，人怎么如此麻烦到矫情？一个肉身的需要都这样自相矛盾，不要说精神世界了。

吃南汇桃子，桃上只有一抹粉红，吃到里面，看见桃核是深灼灼的桃红色，甚至接近紫。桃核周围也染上了这种颜色，似乎是洇染。

桃花开过，“桃之夭夭，灼灼其华”，很快就谢了，“轻薄桃花逐水流”，但是那份水灵灵的“夭夭”“灼灼”并没有走开，只是一提裙摆，盈盈地躲进了桃子里。躲得很深，皮上看不出，肉里看不出，它躲在桃子的心里。等到下一次摇曳枝头时，照样是当年颜色，桃树想到自己保守的这个秘密，忍不住笑了起来，于是人们微笑着说：桃花依旧笑春风。

水蜜桃

水蜜桃

顶端的一抹粉红

是桃花的精魂

花落了

魂仍在

魄仍艳

今年的桃花季

错过了

年年的桃花

我好像都错过了

今天　捧着桃子

突然遇到桃花

在桃花们的下游

花的下游是果

果的下游是芽

芽又长成树

树又开花……

那么 果又成了花的源头

怎么回事

我糊涂了

桃上的那抹红

笑了

上海书展期间，只见了赵珩先生。

在锦庐请他午餐，我带了一柄折扇，放在桌角。一坐下，他就说，我看看你的扇子。我递过去，他打开一看，一愣，马上很北京地来一声："嗐！"原来是他自己手书的《兰亭序》，几年前在杭州的笔会上送给我的。连连说："这个不好，以后另外写好的给你。"这也是很北京的谦逊。

席间他说好多老朋友都已谢世。可是他自己尚未七十，我想了一想，说："因为你从年轻起结交的都是比你年长许多的人。就是杜甫所谓'脱落小时辈，结交皆老苍'。"他笑了。

后来谈到陆灏，赵珩先生说："他也是。"我一时没反应过来，问："也是什么？"

"'结交皆老苍'啊。"

对一位篆刻家说：女子刻章，其实不宜用龙、狮、虎那些霸气的印钮，不相配，对人也不好。女子用的印钮，还是荷、竹叶、竹节、梅花为好，柔和，也清雅。

山石流水、亭台楼阁的薄意也还使得。

此君以为然，后来为其他女性朋友选石材，竟多依此选去。

男女有别，况且是一介布衣读书人，应守本分，从来如此的，难道不是人人知道的吗？

一流茶室给人的启迪：一要格局大，二要舍得下。

格局大，才不局促，一切布置和情思才有余地；舍得下，舍弃许多东西，从不相干的到相干的，从不美的到很美的，都要坚决舍弃，才得简净，才得清静，才得空灵。

可惜现在许多人，已经天生格局小了，偏偏还要贪求那么多，于是把自己的人生弄成了杂物间。

终于在书上看到了：日文的抹茶，就是中国的茶末，原本应该写作“末茶”。上世纪 90 年代，在日本，第一次听到日语中这个词，就觉得一定就是“末茶”。后来一直没有查对，无意中得到证实，心里是喜悦的。还有一个，日语的茶叶店门口，常常挂一小帘，上书“铭茶”，这个，应该是“名茶”吧。

有一些类似的自己的“发现”，后来被证实是对的，一来有“哈哈，我猜对了！”的感觉，二来，也有小小的冤屈：人家当时真的不知道有人早就总结了，真的是自己琢磨出来的呀，这下子那点子“精致的淘气”好像被抹煞了。

妹妹十岁左右时，有一天躺在床上，准确地说是半躺在床上半倒立，两条腿垂直于墙上，她就以那个姿势，端详着贴在墙上很多日子的世界地图，看着看着，突然说，你有没有发现，这一片和这一片，其实可以拼成一个整体的，如果它们能在海里游泳互相靠拢，就是一整片的陆地。

正在旁边做功课的我惊呆了，看着她。然后小心翼翼地说：你现在说的，就是“板块漂移说”啊。

她把腿从墙上拿下来，转了个方向，看着我，难以置信，又好像一时间不知道该高兴还是沮丧的样子。

我赶快说：“你是自己看出来的，我能证明，真的是自己看出来的，你很厉害！”

至今我都不知道那个下午，那一刻，我是不是犯了一个不可挽回的错误。

楼下两棵石榴树，其一是正红色的红石榴，另一白地洒红，一直叫它白石榴，去年才知道叫花石榴，原来人家有这么好听的名字，油然而生偏爱，每次走过都驻足打个招呼。

后来又有人说“这种叫安石榴”。听上去有名有姓，有了封号似的，尊贵起来。于是对这棵白地洒红的石榴偏爱起来，每次都特地多看几眼。

后来无意中发现，安石榴并不单指这一种，安石榴是石榴的别称而已。晋张华《博物志》卷六：“张骞使西域还，得大蒜、安石榴、胡桃、蒲桃。”蒲桃即葡萄，而安石榴就是石榴，因产自古安息国，故称。

原来“安”这个“姓氏”或者封号，是属于全体石榴的。但是我不管，每次下楼看见那两棵石榴，依然对她们说：红石榴，安石榴，你们好！。

不小心下午喝了两杯黑咖啡，失眠了。

半夜起来，发现厅里一盆叫作“富山奇蝶”的兰花开着，凑近嗅了一下，顿时彻底清醒了。平生第一次知道什么叫“兰气”。那种清雅、幽微，令人吸进去了就不舍得呼出来。那种清极的幽微的气息，说它是“香气”，都委屈了人家。

不是在万籁俱寂的半夜，不是独自一人，大概也不能真正领略这兰气。为了领略这样的福分，失眠真是太小的代价了。

兰花开了，连花带茎都是半透明的淡黄色，非常像玉，而且是稀有的黄玉。

微信里一位朋友抱怨，家里一棵兰花十多年没开过，但是又不死。这句话后面，是连续两个抓狂的表情。

想想也是。对峙那么久，战又不战，降又不降，是何道理？

因为不能说出“我最喜欢的水果有两种”这样逻辑有毛病的话，又没有资格袭用“喜欢的水果，在主席台正中就座的有樱桃和黄桃”或“排名不分先后”这样的官腔，有时只好这样表达：我最喜欢的水果，若不是樱桃，便是黄桃。

最迷人的是她们的口感，都给予牙齿“令人愉快的抵抗”（林语堂语），给口腔带来令人振奋的爽脆感；她们脆，却又那么多汁；味道那么美妙而浓郁，饱满有如热恋的甜，像重逢时的狂喜中混合着微微心酸那样轻微的酸，加上富有个性的气味，调和而丰富。然后，她们的轮廓和颜色又都那么混血儿般的浓烈而娇俏。

樱桃像水果中的红丝绒玫瑰，黄桃像水果中的黄月季。

而如果要说她们有什么缺点，就是太完美。

有人一直给我送茶，但是送的都是我不喝的品种。我在《茶可道》里已经公开写了，喜欢和不喜欢的茶，能送我茶的朋友，我也都送了书的，不先问我也就罢了，连书也不看，这样不用心思地对一个人好，真是……让人不知说什么好。

把现成的礼物转送别人，永远不会像特地、专门、近期、心里想着这个人去挑选礼物那么妥帖，那么令人喜悦。

且不说礼物本身一定更合适，单说那崭新礼物发着光，盒子棱角分明，连包装的纸和缎带都光可鉴人，怎么说也是去掉包装纸、盒子上有点灰扑扑的礼物不可比拟的。

生活里有些花销，表面上是为别人，其实是为自己——给自己待遇，而且主要是精神上的待遇。

比如请客，比如送礼物。

对清扫工、钟点工、门卫、快递都以礼相对，是文明人起码的礼貌和体统。对世俗眼中“社会地位”低的人的态度，最能看出一个人的本性和教养。

王熙凤为什么要仔细过问回家的袭人的穿着和住宿？为什么没有轻视、苛待刘姥姥？她是有教养有见识的人，她看得起自己啊。

虽然她认字不多。现在正相反，满世界尽是有知识而无教养的人。

在苏州，处处见玉器店、南红店、丝绸店，不愧自古人间天堂的姑苏。

起初想，若在穷苦小镇，怎么卖得出去？再一想，恐怕容易遭洗劫。

一地有一地的命数。人不能和命争，地方也不能。

在首尔，李安东兄请我去一个茶室品茶，叫作“茶庭院”。小山坡之上，韩式的低屋檐，门口植一棵松树，有一种韩国式的硬气，和中国江南的庭园迥异的。

到了里面，眼前一亮。“回”字结构，中间那个口是一个小庭园，有个小池塘，种着荷花，花叶摇曳。座位环绕着这个迷你荷塘，外面那个大口外面是山景。客人们就坐在荷塘和远山之间，靠内侧的客人看出去，是荷花、茶席和品茶的人、远山和蓝天；靠外侧的客人，向外看是山景和蓝天，向里看是荷花、别人的茶席和品茶的人。几层的景致，格外透气，格外悦目。桌子都是大块原木，带自然的凹凸和纹路，糙米色，配黑色茶托，小瓷钵里是送的玉色的葵花籽仁。

生活里，许多人之所以活得气喘吁吁，也让别人七窍生烟，大约是缺少这样的两个环境吧。像荷塘一样宁静清雅的内心角落，像青山和蓝天一样开阔敞亮的外部环境。这两者皆备，那么人生就美好而有意境；两者有一，人生也还不局促；二者皆无，不忍说，那真是……唉。

在首尔的清溪川边，看到巨大的横幅，左起占三分之二地方的是中文：欢迎您来到首尔。然后英语等其他几种语言挤在右边的三分之一，最下端的是日文。

到了北村，是传统韩式建筑风格的小区，因为里面还住着人，所以随处可见提醒游客请勿喧嚣的提示，这回，日文放在前面，而中文，放在了最后面。凭良心说，在大嗓门方面，中国人，怎么也要排在日本人前面的，可是，先被提醒的是日本人。

待遇如同脸色，是一望而知的，端看人家给不给。

“思密达”成了韩语、韩国、韩国人的代名词。

在韩国，耳朵里天天灌了满满的韩语，觉得自己马上要听懂了。或者说，摆脱了词汇和语法，语感强烈到如亢奋的女高音，一花独放。

在庆熙大学的会场里，有一位韩国人说我“像巩俐”。当即愕然。但他双手比画了一下双鬓，我明白了，发型像巩俐。

若是对方说你的发型或者衣服像某一位明星，你就以为人家说你星光熠熠甚至美如天仙，那就毁了。所谓的文化交流，恐怕常常如此吧。有些交流不算无效，但起的效果十分害人，十成里信三成都完蛋，那样的“国际交流”不如宅在家里的好。

在首尔，文学节到了第二天，要离开首尔去另一地。约定的时间，早晨八点，到了大堂，没有看到一个人，微信联络了，发现两辆大巴已经出发了。惊讶与不满，在了解经过之中，渐渐浓重起来。原来是今天人多，负责我的陪伴和翻译的女留学生，上了另外一辆车，而我应该坐的那辆车里，点名漏了一个人——唉，虽然是外国，但我这么没有存在感吗？

回来一个人，陪我打的赶上了，上了车，却发现没有见到应该向我解释的人，她在另一辆车上。车程很长，听说要五个多小时，我也只得放下心情，放低座位，拿出U形枕，开始睡觉。

醒来，突然明白了原先不能理解的一件事，就是那些分开了的夫妻或者恋人，如何能在老了的时候云淡风轻地相见；或者分开了、至死不复相见的人，后死者如何能在回忆对方时不带怨恨，甚至完全平静？

就是这样。自然是惊讶、气愤、伤痛，也怨恨也委屈的，可命运安排已经坐在了两辆车上，该发泄的时候无法发泄，起初还闷在心里，但是，决定性的因素来了——旅程足够长。起初还在忍着心里的一团挣扎的痛苦，后来，要面对眼前的渴、饿、疲劳、内急，身边旅伴上上下下，窗外天气变幻，也许风雨大作，甚至车子抛锚，甚至突然出现的匪徒和警察，于是你会渐渐淡忘旅途开始时的心情、时间，以及伴随时间而来的绵绵不绝的一切，迫使你将曾经最重要、想追究伤害责任的人束之高阁。

也许，你慢慢还会欣赏起窗外的风景，重新觉得风景好看。

时间，真是万能的。记住这一点，人大可安心。

可是，人生即旅程，上哪一辆车，遇到什么天气什么人，都由不得我们，连心情也早晚被时间缴械，又觉得悲凉。

越来越喜欢葡萄酒色。

那种介乎红、紫、褐之间的颜色，深沉而饱满，微妙而含蓄。像一个熟龄女子，当然不年轻了，也绝不清纯，但是她对得起她所度过的岁月和所经历的事情，拥有了足够的丰富、沉稳，她无须张扬，便仪态万方，活力与神秘，平衡得刚刚好。

电视剧《甄嬛传》制造了不少典故。华妃的一句“贱人就是矫情”，和皇后的一句“臣妾做不到啊！”一句是贬斥对手，但悻悻之中有无奈的肯定；一句是为自己鸣冤，承认自己心理承受力和情绪控制力的底线，也暗暗提醒对方的要求是过分的。一时成为职场的流行语。

但是职场终究不是后宫，不用年轻轻进去，死了才能离开，职场的生存环境再恶劣，竞争再酷烈，到底可以拂袖而去，气性大的更有移民一途，完全而不用苦苦缠斗至死方休。后宫的争斗和异化，可以说是身不由己。

一定要说职场也一样，嘿，你找借口找得这么夸张，真的好意思吗？

不过职场的许多纷争，其实不是为了生存，已经过得不错了，为的是意气。若一定要证明别人都不如自己，那就踏上了一条不归路。希望“我花开时百花杀”，日夜算计，浑身戾气，还自以为是真理和时代精神的化身，不但是自取其辱，简直是自残自戕。

发现有的人就是喜欢集体。他们看重集体的旅行，集体的出国，集体的聚餐，集体给的奖励，甚至集体发的毛巾、牙膏和香皂……自己出去旅游？不不不，你混得太差了。自己到餐厅吃饭，请客自己埋单，自己买茶叶，那你简直不配为人。

这种人离不开单位，他（她）的幸福指数与下面几项密切相关：单位领导的肯定，单位里的位置和名分，单位给的待遇和脸面……到退休年龄了，还出尽百宝各种恋栈各种不甘，像丈夫发迹之后不甘心被抛弃的原配发妻一般。

曾经，明明都是地球人，他们对我，却像来自另外一个星球。现在理解了：这种人，内心肯定缺了什么。只有不能自给自足的内心，才需要外界这么多的注入和支撑。

想到有的人对这些注入和支撑那么在乎，在乎到有时不顾一切，实在无法想象他们内心“空缺”的面积有多大。

北京下了第一场雪，微信里有朋友回忆起了北海道的雪景，一张张照片，背景都是一片纯白。

冬天去北海道，对它的印象自然是白色的。而我对它的印象是紫色的，非常浓、非常纯粹、非常深邃的紫色。因为我是在七月下旬去的，那正是薰衣草盛放的时节。

这样一想，人世间的不同看法，岂有那么多的绝对正确？

但理智的人，虽然保持自己白色的印象，却能理解别人心里的紫色北海道，心里留着紫色的人，也能接纳别人的白色北海道。若如此，那么世界会和平得多。

但做到的人似乎不多。利益之外，人与人的不理解，也是争斗的一大起源。

看完《007：幽灵党》首映的第二天，传来了巴黎发生恐怖袭击的消息。想到电影开头的场面，顿时有生活和电影不分的感觉。

电影里有疯狂的想象，电影也需要疯狂的想象（事实上这部007在想象力方面明显后继乏力），而生活和电影不分，只能说是疯狂的世界。

《甄嬛传》宫廷宴会上甄嬛跳惊鸿舞那场，让我想起韩国电影《丑闻》里赵原和一堆女人乘船游园的情景。

惊鸿舞那次，甄嬛还爱着皇帝，皇帝也宠爱着甄嬛；皇后的势力还坚不可摧，因此显得气定神闲；华妃暂时失势，但仍有兄长可以依仗，正在利用曹贵人争取复出；曹贵人有亲生的公主可以依靠，专心向上爬，就故意刁难甄嬛，要她跳高难度又犯忌讳的惊鸿舞；皇帝本来应该驳回这个建议的，但是不知为什么居然同意让甄嬛跳，这是男人和女人之间常见的不默契。和甄嬛情如姐妹的眉庄赶紧自请以琴伴舞，又让有个好歌喉的安陵容唱歌。甄嬛跳的时候，还有一位亲王在旁边不断讥讽，一位妃子在旁边说怪话，另一位在翻白眼。真是十面埋伏的一支舞，勾心斗角的一个宴会。

但是，依然美好。笑颜如花，蛮腰纤细，舞姿曼妙，舞袖翩飞，琴声清雅，歌声动听，中间闯进来的果郡王的笛声也那么激越悠扬，令舞风与气氛也随之一变，让人相信世界上是有“心领神会”这件事。整个场面如牡丹盛开，浓烈的红，浓烈的香，而且流光溢彩。

更重要的是，所有人都在，不曾有人心如槁木，而是都真实地活着。其中的男女，有的在相爱，有的以后会相爱；其中的女子之间，有的是出于利益算计的牢固同盟，而有的是唇齿相依的姐妹之情，不论哪一种，她们离背叛和离散都还有一段时间。

比起最后甄嬛击败所有敌人，当上太后却了无生趣、毫无指望来，哪怕华妃和皇后也不是亲人胜似亲人啊。所以，跳惊鸿舞的那一刻，多么好。一切如花绽放，多么好。

花花公子赵原和几个贵族女性乘船的一幕也是。他算计着贞洁寡妇郑氏，他的贵妇表姐在人生观上是他的知己，但此番不认为他能得手，这时候在一旁看他的笑话。郑氏因为和一个英俊风流的男人同舟而感到不自在，始终板着脸，郑氏开通的姑妈乐呵呵地欣赏着美景，也顺便欣赏一下美男子。池中荷花盛开，池畔有伶人在吹奏和唱歌。异常朴素而端庄美丽的郑氏面无表情地端坐着，浓妆而美艳的表姐瞥了一眼白衣胜雪的赵原，用眼神说“你觉得可能吗？”而赵原满不在乎地笑了起来——“走着瞧”。

这一刻，郑氏和赵原，彼此还没有动心；赵原更没有看清自己，他不知道这个游戏会玩成真爱并且玩掉自己的性命；赵原和表姐也彼此没有看清，赵原不知道女人的妒忌可以让她作出什么事情，表姐也不知道她的失控会间接断送这个内心在乎的男人的性命，他们以为他们占尽优势，又足够冷酷足够聪明，能够掌控一切为所欲为。老姑妈得乐且乐，对眼前正在发生的危险视而不见；岸上的伶人们努力表现技艺，在取悦着这些饱食终日、口味刁钻的贵族。

美景，美人，俊男，华服，好天气，一切都那么悦目，那么讲究，那么调和。尽管危机四伏，岌岌可危。

然而，就是这样的场面，让人难忘。优美，精致，繁华到底。所有的人都在，美好的皮囊都还年轻，更重要的是，心里都还有盼望和念想——这一点，让那些瞬间显得明亮起来。

明知表面的美妙和繁华下面有阴暗算计、勾心斗角，明知这刹那的花团锦簇之后就是风雨无情、落英缤纷，明知这一幕是百般的不真实，可还是——喜欢。还是恋恋不舍。就像曾经的赵原进得门来，嘻皮笑脸地将一小簇野花送给表姐，表姐嗅了一嗅，就随随便便地丢在一边的坐垫上。他们当时谁都不在意，但是到最后，逃亡的船上，表姐取出一个小布包，里面包着的就是那些干枯了的野花。他们知心了半辈子，也许互相爱慕过，肯定互相害得够惨。但，这是这个男人送给这个女人的花，也是她得到的他没有任何企图的花，惟一的一次。看似微不足道，但是其实非常美好，而且，永不再来。

不但那些歌舞、华服、珠翠是幻，美酒、美貌、美景是幻，生命本身就是一场幻觉。到头来，只有那瞬间的美妙和完满，像春天河流上的冰一样，是漂浮着、渐渐消融的人生最接近完美的瞬间。

樱满开。这是一个日语的表达，但是用中文说出来、写下来，意思也十分相近。

樱满开，绝美。美在：完全不日常，与现实无关。因为这种美，没有用。它就是一个梦，没有任何现实的成分。樱花没有叶子，不结果，只是专门来轰轰烈烈地美一次。

无边无际盛开的樱花，是睁眼做的梦，活着看见的天堂的美景。

对这种美，很难评价，只能悲喜交集地赏之，叹之，再三温存珍惜。

珍惜来何用？无用，就是珍惜，只能珍惜。

否则一切转眼成空。

山根据距离的远近呈现出不同的色泽。远山苍，近山翠，远山像苍青色的玉，近山透明些，更像祖母绿。

不论看上去是什么色泽，入得山中，总有树下的土，枯枝败叶，还有各种蚊子飞虫。

每一种感受都真实确凿。

距离最重要。

对世界，一会儿心灰意冷，决心以牙还牙冷心冷面；一会儿又暖意微微血温升高，心房里起码有一半以上是温暖和希望——不是充满，我的心倒是很少“充满”。如此，简直是三五天就热恋一次，又三五天就失恋一次。

相信我，因为对这个世界的爱恨交替，我真的很累。

认识一个很讲究体统和脸面的人，连细节都经得住推敲。

只是，太怕和“俗”沾上边，时时处处那么刻意地避俗，却又俗了。

人与人真是讲缘分，一点强求不得。

有一位善解人意、我觉得人人会喜欢的男士，与一位极善谈吐、八面玲珑的女士见面，我以为他们除了一拍即合、相谈甚欢之外不会有别的可能。结果，女士说："这个人不怎么样啊，怎么会这么有名？"男士说："这个女人让人受不了，她说个不停，完全不让我说一句话。"

我看出来了，教养的控制之下，他们彼此讨厌。

至今不知道是怎么回事，但也不自责或者遗憾——缘分，谁能洞悉？

朋友成了上下级，真是为难。朋友之义与"君臣之道"，两套准则既无法并行，又很难自如切换。自己为难，又替对方为难，但是谁也救不了谁。

这种情况下，若是两个高手，大概要像跳拉丁舞，高度默契，进进退退，一步都错不得，一拍都错不得，才不至于谁踩了谁的脚，甚至当众一齐摔倒。

有时候心乱得想哭。忍住了，把事情对付过去了，回头又对自己的不沉稳不淡定而懊丧，更想哭了，但是想到都这把年纪了，还真是没脸哭。所以居然很少哭。

快刀斩乱麻？

说起来容易。

若是气数将尽或者运气太差，自以为找来一柄杨志杀牛二的宝刀，举起来，却发现刀也拧成了一缕新的乱麻。

还有，麻还要不要？如果不要了，只管斩成一截一截，扔了就是，如果还要，甚至还希望理顺了这些麻好编成蒲团，那就更不好斩了。

好多老话，也只有在说的时候痛快。

有的人，为什么对自己感觉那么好呢？也是个早九晚五的上班族，却能自恋得这般天经地义？

有的人，为什么什么都要，还要得那么理直气壮？就是认定自己理应得到想要的一切呢？

聪明的，谁能告诉我呢？（这是我总也忘不了的朱自清的句子。）

自恋，女人比男人好原谅；贪婪，女人比男人更讨厌。

在广西的涠洲岛，车挤开芭蕉叶无边无际的波涛往里开，绿色退去之后，岩是黑的，满滩的珊瑚碎片是白的，仙人掌是长在头顶的，暗红色的栈道的尽头是空无一人的，只有海。一世界的地老天荒。

听到有人说一个著名的老人和他的小娇妻的恋爱发端于此，暗暗而狠狠地对说的人白了两眼。在这种地方，这种氛围里，连文化都是污染，何况是那样煞风景的“故事新编”。

有一种人，一开口大家都会从速帮忙。不是万人迷，也不是情面大，就是他舍得时间和老脸来催问，来纠缠，加上各种诉苦、喊冤、冒雨上门之类的苦肉计，托三亲六戚老同学旧上司来说情……总之就是多方示弱来“弱迫”人家。人都怕麻烦，好心的人大都经不起“弱迫”，对用暗示明示令他知难而退已经绝望，怎么办？拉开架势放出恶声反复拒绝？时间成本和心理成本实在太高，长叹一声，不如快快答应，帮他了却了，好换来一个眼前和耳根清净。

有的人写得很差但频频发表，还有的人明明很渣却似乎长袖善舞人脉很广，关窍就在这里。

为了朋友丙，去拜托朋友乙帮忙，乙是良善之人，完全用对我的待遇来对待丙。几年之后，渐渐觉得丙不是当初了，也品出了不值。然而丙还在对乙大用特用，只好找了个机会，对乙吞吞吐吐地表达了：其实，嗯，嗯，过去的，都记在我账上，也很感激，今后，不必再看我面子，该怎么样就怎么样吧。

没想到，被我看作比我还容易被温情蒙眼的乙，竟然淡淡地说：我觉得丙就是个势利的人。可当时是你来托我啊，我自然要帮忙的。

大羞愧。大内疚。

对我这样识人不明、自以为是又冒冒失失的人，乙的口气依然很温柔。

有一种伤心，就像你落水了，人人都看见你落水，有人来拉你，也有人同情你。而另一种伤心，是大冬天，别人看见你穿着羊绒大衣或者羽绒服，可是只有你知道，你贴身的衣服全是湿的。

而寒风一阵阵吹来。

听见过很多次“每个人都不容易”。

如果要进一步，总认定别人都要风得风，要雨得雨，而且得来全不费功夫，都是不劳而获一日成名一夜暴富，这不是人生观的问题，是智商的问题。

俗的人，越努力表现越俗。

不俗的人，越我行我素、清淡无为越不俗。

不经意？不过是说说罢了。创作也好，做人也罢，极少真正的不经意。

许多事情，都经不起分析的。许多人，都经不起深究的。

分析下去，深究到了底，都是痛苦和不愿面对的。因为好的事情，都是很明显的。好的心意，都会想着法子让你知道的。

到一个朋友的新居喝茶。这个朋友有几套房子，这是其中的一套，宽敞得可以住得下几十口人，她的汽车我见过有三部，我不懂汽车，但也觉得都是好车。她人到中年，家庭安稳，为了解闷做一点小生意。她开车来接我，我上了她的车，她一路不停地接各种电话，用蓝牙耳机接。我听她很复杂很琐碎地交涉事情和判断别人之后，好不容易到了她家。坐下来之后，她又一边唠唠叨叨地抱怨堵车、天气、空气质量、儿子、保姆，一边拿茶具。

那是一套名贵的瓷器。我忍不住说，我来沏茶吧，因为我生怕她心浮气躁，会把那套瓷器打烂。那个环境是不适合喝茶的，甚至是让人烦躁的。外面有一个很大的花园，阳光很好，房间里的布置一切恰到好处，中西合璧，茶叶也是上好的武夷岩茶，但是就是没法清净地喝茶和聊天，因为主人本人就像一个噪音源。

不是所有人都能让自己安静下来，许多人都这样"自带噪音源"。

当人安静的时候，会觉得自己很舒服，整个人的状态像一个湖面，生活中一切美好的东西，在上面投射出清晰的影子，这个时候你觉得，活着很好，上帝厚待你，厚待世人。

安静久了，会觉得世间有许多需要感恩的人和事，于是你对人也友善，你所说所做，一言一行也容易得体，你也就更接受和满意自己。

但是周围很吵，有时候会吵到心里去。一旦吵到心里去，人就不开心了。

是否被吵到心里，却又和处境、感情、事业的进展是否顺利不是很有必然联系。常常是时代的大环境在左右，这里面有运气也有气数的，是个人的，也是时代的。

很吵，一直吵，是一种折磨。继续的噪声是一种暴力。

现在的人面临的一个问题：如何在日常生活里抗拒这种暴力级别的嘈杂，获得一种宁静。

真正的宁静，在北海涠洲岛的黑色礁石、白色珊瑚砂的海边和日本北海道洞爷湖畔的松树下，降临过。

和爱人相守的月明之夜，降临过。

前几年见到一些表演茶艺的年轻女子，也不算茶艺师，不知道该怎么称呼，就是在一个特定场合出来以繁复花哨的手势表演“茶道”的女子。那样的场合，往往是各种茶艺会或者斗茶赛，大多数都有商业目的在后面，这个没有什么可以奇怪的，我就是奇怪，为什么在那些场合，千篇一律总是年轻美貌的女孩子出来表演。

这里面有误会，而且误会非常大。那些年轻貌美的女子没有问题，她们穿的衣服没有问题，茶具没有问题。她们常常是穿比较文雅的旗袍，或者上衫下裙，旁边配上古琴或者筝，这些硬件都可以，最主要问题是千篇一律是没有被茶浸透的年轻女子，这一点，和茶的精神，似即实离。

而日韩等国或者中国台湾的茶会，主持的茶人都是中年以上的，你在他们的头脸上都会看到白发、皱纹，穿着单色的布衣出来，整个人比茶汤还朴素，他们整个人都是“素”的。那样的人泡茶的手势根本不可能花哨。

而我们这里有很多茶艺小姐表演，简直是一种舞蹈。有的还涂了口红，有的还披着长发，都是饮茶大忌。为什么居然涂口红？因为她只管泡茶，斟茶，她是不喝的，所以她可以涂口红。而茶会的意义，首先是要所有人一起分享茶，每一道，每一层变化，都一起分享。可是现在成了什么？有人负责表演，负责从容貌到装扮到手势的悦目；而来宾负责喝茶，并且喝完无论好坏都不能与茶艺师真正交流，因为她并没喝。

大家是来找茶喝，或者来通过茶的幽静让心灵放松的，不是来看表演的。更何况，所谓的年轻貌美，那种皮相的悦目和茶的精髓毫无关系。对于茶中三昧，年轻的人不可能像中老年人领悟得那么深。而且，不能一同品茶，就切断了心灵的交流，这也是很荒谬的。

真正的茶人，对茶的理解是非常的深入，但是越深入越受茶的制约和引领，态度会越发朴素，他们朴素到要求保持住初心，他们是不会觉得自己非常娴熟、足以炫耀的，面对那些口称名号、手舞足蹈的所谓“功架”，他们即使不觉得可笑和荒谬，也会静静转身走开。

总是听见有人在说“来一场说走就走的旅行”。后来又听见最美好的辞职理由是“世界那么大，我想去看看”。但其实，说走就走经常并不美妙，走了不到一半，就会发现自己丢三落四，很多东西没有带，很困扰。到目的地你会疯狂地到处找药店、找超市、找百货公司，然后你迅速地复制你原来的生活，基本把家里的装备弄了一半，才开始安心，才能东看西看。

其实说走就走是一个伪命题，能够说走就走，而且不后悔，那是因为从经济实力到体力到潜意识都准备好了。

至于“世界那么大”，根本就是看不完的，如果是借以躲避日常生活的郁闷和失望，那也肯定会发现，到哪里都躲不开自己。世界那么大，但是“自己”不安顿妥帖了，也是不能好好看看的。

品茶和读书，才是随时可以开始的旅行，随时可以，而且需要的时间不多，有时候两个小时，有时候半小时就够了。有时候，一个人平静下来，假装悠闲地沏茶、喝茶，顺手拿过来一本书，读上几页，突然觉得自己又活过来了，或者，又是自己了。

感谢茶，感谢书，感谢我自己。

昨天一位朋友在微信里说，想为我刻一个闲章，但最近有点忙，一直没有时间刻。

我回答：千万不要急，雅事宜缓，从容才风雅。这位朋友就笑起来了，他说他喜欢这两句话。

有时候读到一首诗或者听到一首曲子，会突然不知道自己在哪里，刚才在做什么，接下来应该做什么。只觉得心上蒙着的一层灰尘被风吹去，心伸了一个懒腰，接着，一阵甘霖来了，心里的每个角落都润了，暖了。

茶饮之中，有宁静平和之道，更有谦卑之道。

茶人大多是把它当一门功课来修，修到一定程度，他们都会觉得对茶的领悟上了一层，会很快乐，然后继续修炼。但是有时过几个月，或者过几年，突然又觉得不对了，又有疑惑了。然后，有的茶人会关掉茶庄，停掉茶艺课，到山上去种茶，或者到处寻访茶中高人，或者闭门研习。总之就是去苦苦寻觅和思考，然后过几年他又明白了什么，他会回来再重新换一个地方开张，根据他理解的新境界重新布置起来，就焕然一新，就是一个新茶人，新开始。

在茶人那里，对茶道的理解，和对人生的理解，是一致的。

那些一脸“我懂你不懂”的“茶艺师”，还没入门呢。

真正的茶道，最感人的是里面的精神，他们保留的一种涩味。圆通，熟练，洋洋得意，都是他们抵制的。就像书法上的“由生入熟，由熟返生”，像张岱所说的操琴指法“练熟还生，以涩勒出之”，又像京剧大师荀慧生所说的“演戏要带三分生”。虽然茶道的程序和要领，他们是背得滚瓜烂熟，祖祖辈辈传下来。如果是某些国人的话，可能就觉得，我爷爷的爷爷就是这样，我从小看到大，我闭着眼睛都会。这是一种轻慢的心，这是修茶的人很要不得的。在茶人身上是绝对看不到的。

他对待客人的态度非常郑重恭敬。从起念头开始就是洁净谦恭谨慎的。院子里的那棵枫树，枫叶一红，就想起这个朋友了；或者菖蒲花开了，某某喜欢菖蒲花，应该请他来赏花饮茶……这通常是他们组织茶会的理由，也许是这样来决定主客和陪客的。

不会有世俗的厚薄待遇，也就不会以权势来定尊卑，茶里没有这回事。

一场完美的茶事，准备是非常静心和细致的，流程也许很繁复和苛刻，高度仪式化，一丝不苟。我觉得这里面有很深的谦卑，这个谦卑并非对客人，是对茶和通过茶所代表的一种大自然、一种天地之间的力量。

或者是基于一种认识，面对大自然，面对这种古已有之的、代代传承的茶文化来讲，我们其实是很渺小的、很短暂的，我们只是想在短暂的一生中触摸一下一种永恒。

茶的名气也是双刃剑，特别明显。很多茶叶看着它红起来，然后很快被这个名气所毁，毁得厉害。第一毁，假冒，你不出名人家不假冒你，你一出名必定群起而攻之。第二，当地也大力炒作，各种夸张的宣传，然后抬价格，抬到失去理性的地步。这些事情都是正常爱茶的人不希望看到的。

平时爱茶，嗜茶如命的人，都有很多同道的朋友，这些人之间口口相传的评价，那是最真实的。

绿茶中除了龙井，我经常喝绿宝石，这些年我很少喝碧螺春或黄山毛峰了。最早喝到绿宝石是很偶然的，我在贵州的一本叫《山花》的文学杂志发了一篇小说。发完小说，我说不要稿费了，你们给我随便买点当地什么茶给我。当时他们的美编黄冰，买了两斤绿宝石给我。我喝完以后特别喜欢，后来又喝过了七八种贵州茶，都不如绿宝石让人难忘，于是喝定了绿宝石。

绿宝石很奇怪，它的样子是卷的，外观是珠型茶，有点像包种茶，看外观不像绿茶，但是它是绿茶，而且泡出来比龙井什么的还要绿。香很高，喝起来很过瘾，而且耐泡，可以泡到六泡。

后来我才知道，开发这种茶的人是贵州很有名的专家，叫牟应书，自己在山野之间，辛苦十几年，研究这个品种，他不是把一般的绿茶的品种，而是将类似于乌龙茶的一个品种，种在那里，研发出来的。那个老茶人非常辛苦，一辈子做了两三种新品种出来，现在似乎名气也不大，但这样更好，我可以继续以宽舒的价格饮绿宝石；要上等的，找贵阳春秋茶庄的牟小秋，就是了。

不妨到处尝试各种各样的新茶，尤其对那些没有名气的品种。给那些还没有出大名的或者遭遇了不公正待遇的茶一个机会。

同时，为自己的健康着想，应该尽量多喝一些品种的茶；为了真正掌握茶饮的精髓，也应该不断扩大眼界。从这两点出发，都完全没有必要只追求很著名很昂贵的品种。

一直坚信，每一把紫砂壶出厂的时候，新的时候，都还未完成，最后完成都是在用的人手里。用到后来，养到后来，精气神不一样。紫砂壶本来是暗的，养着养着，神完气足，你会觉得这个壶在喝茶人手中变了，长足了，撑起来了，力度足了，气场大起来了。然后，有内在的光透出来。

黯淡之光，非常迷人。

这些年因为我写茶和诗，也有一些读者谬赞：你很不容易，在上海这种地方，滚滚红尘，机会纷纭，那么现代化的节奏，你居然很悠闲，气定神闲，心静似水。

我有时微笑，有时苦笑地回答：我不是那样的，而且在上海那样的人我连一个也不认识。有时候赞的人不相信，会说：你是谦虚吧？觉得你就是啊！我只好招认：我是假装的，我假装很悠闲，假装我不需要考虑今天晚上吃什么，假装不需要挂虑明天会不会有突发事件让人心惊肉跳，上班时会不会被不知来历的车子堵在小区里进退两难，一天之中，从同事到钟点工会不会给我看变幻莫测之脸色，上司会不会制定神武英明的新规则让人应接不暇，而孩子的学校会不会把孩子又收拾得面如土色唇白如纸……

为什么假装？因为我不能改变，又不能真的放下，我只能先假装一下，然后或许会变成真的。比如，我为了写一篇文章，把原来读过的几首古诗，找出来读一读，这个版本，那句意思，一读就进去了，进去就把这些事忘了，“弄假成真”，这是我等无能之辈很好的自我解脱、自我净化、自我愈疗的办法。

苏东坡真是了不起，他喝茶也喝出了最高的境界。

喝茶的最高境界就是：能非常讲究，懂得讲究，但也可以完全不讲究。

苏东坡曾经很讲究，讲究得妙入毫巅。“活水还须活火烹，自临钓石取深清”“雪乳已翻煎处脚，松风忽作泻时声”“緘封勿浪出，汤老客未佳”，可知他对水质、汤候、客人的精益求精。“沙溪北苑强分别，水脚一线争谁先”，可知他热衷于高难度的辨茶、斗茶。

然而，当他连遭贬谪之后，朋友千里迢迢送来的好茶，因为他无心亲问茶事，也未及过问，就被不谙此道的妻儿按照北方习惯“一半已入姜盐煎”，就是将应该清饮的细嫩佳茗，胡乱煎了，还按照当地的风俗，在里面加了油盐，也许还有香料。苏东坡面对这样一盏茶的第一个反应，也许是苦笑，也许是失笑。但他马上作如是想——“人生所遇无不可”，人生碰到的每件事情都没有什么不可以的，“南北嗜好知谁贤”，南北的嗜好，谁知道究竟哪个好。究竟哪一个好，苏东坡当然是“知”的，但是此刻的他觉得也不必执着了。

这个境界，是彻底想通想透了。

因为苏东坡不必执着、随遇而安的教育，后来遇到花茶、酥油茶、擂茶，便不再大惊失色了，都能够平静、感激地喝下去。

“南北嗜好”自有其道理，一个地方的人喝一种茶，是有他们气候饮食风土人情宗教文化的道理。到了西湖边你坚持弃龙井要喝正山小种，进了蒙古包你非要喝明前龙井，不但不能体现出你是懂茶的人，反而接近“牛心左性”。

想通这一点，那么，在高铁上也自己带着全套茶具，在小桌板上拿出一杯一壶来细斟慢饮，是好的；偶尔喝一下袋泡茶，也没有什么不好，也可以看作好的。

想想，又不只是喝茶这件事，人生的好多事，莫不如此。心里的标准存在心里，识得高下美丑，但不执着，不拘泥，便可以活得通透开阔起来。

到报社到得早，办公室就我一个人，有个老先生进了我的办公室，东张张西望望，迟疑着看看我，我说："您找谁？"

"我不找谁。"他说。

我用微笑和眼神继续发问："那么，您有何贵干？"

他说："我是过去《文汇报》的人。想来看看还有没有认识的人，刚才别的部门转过了，都没有。"

我告诉他，从到这个部门的时间算起，我已经是这个部门里最老的了。我在暗示他，如果你连我都不认识，那么其他人就不必等了。

他说："你，我也不认识。"

他脸色萧索，环顾了一会儿，默默走了。

我觉得有些过意不去，同时对他觉得很抱歉——抱歉对他的孤单和失落无能为力，也有一种不期而至的伤感——过去的荣耀，过去的人，一切都像流水一样，一去不回头。

卖弄和骄傲是有界限的。

卖弄的人，有的是生性如此，有的是还不够自信，还需要卖弄来获得他人的认可和自己的肯定。

而真正骄傲的人，都不肯、不屑于卖弄。

当然，在习惯卖弄、享受卖弄的人眼中，永远都不会相信有人居然不肯、不屑于卖弄，只会觉得是这人没有什么可以卖弄的。

“男盗女娼”，在过去是骂人话里最难听的。

但现在，仔细想想，男为盗，女为娼，其实不算是最坏的。最坏的是那盗贼还专门抢夺清贫本分的君子和病弱的老人，那妓女闲下来还招摇过市，当街嘲笑立身端庄、持家辛苦的纯良女子。

认识一个女子，像藤蔓植物，翠绿，清香，低调中很有韧劲。

比过去认识的另一个女子好，那位女子像黄瓜，也翠绿，也清香，不过是脆的，让人担心一折就断。

参加一个颁奖会，有一位作家上台领奖，从头至尾脸是黑的，没有一丝笑容。

也许是主持人对他的介绍，让他不满意，但是写作这么多年了，还在乎这种口头的嘉许吗？也许是为了表示对得奖的不在乎，甚至不屑一顾，那么又何必来领奖呢？可以不来，甚至可以拒绝这个奖啊。

既然出现在这样的一个场合，就要表现出正常的礼仪。那样的一个表情上台领奖，并不能让人觉得他清高，只让人觉得他不礼貌。

偶遇一个认识多年但没有来往的人，她婉转地打听了我的年收之后，又更婉转地打听我丈夫的收入。我微微地感到惊讶：虽然写作的人，可以不避俗，但不能罔顾起码的社交常识吧？

因为是写作的人，而自以为获得了日常生活的许多豁免权，这是可怕的。

每个世道都有纯良、洁净的人，都有耿直、狷介的人。正如每个世道都有贪婪、无耻的人，也都有奸诈、狠毒的人。虽然生活在同一个时空，但是彼此并不互相混淆。

他们像不同的管子里流动的不同的液体，泥沙、污浊是一个管道，干净和坚定是另一个管道，不论一个管道的流量如何，都不能影响到另一个管道。

往小的方面说，在职场上，许多人是一定要做大做强，踩着别人的头上去的，但也有人觉得情义和脸面远比位置和待遇重要，随时可以激流勇退另找出路，甚至金盆洗手隐退江湖。

在爱情上，许多人是宁可我负天下人，不可天下人负我，生怕吃亏，总想占便宜，但也有人就是愿意付出，而且在付出里得到了满足；有的人追求多多益善，万花丛中过，片叶不沾身，一辈子不知道珍惜和担待才是上等风流，但也有人一生只掘一口井，一见倾心，相见恨晚，深爱和陪伴一个人，只觉得一生还不够。

我们是同一个世道、同一个时代里的人，但是我们互相讲不通，也不必求同，因为本就互相不一样，两不相干。

（一个月后读到戴冰兄发来其父戴明贤先生咏书协事诗，其中有“本来各是各，清浊不相妨”，不禁莞尔，一并附此。)

南京大屠杀纪念日，又有人怀念张纯如。当时就有人分析她的死因：凝视深渊久了，深渊必回以凝视。虽然我觉得似乎是误用了这句话，容易让人误会是在贬低张纯如，但是张纯如确实曾经凝视历史的深渊和人性的深渊。

但是今年，看到张纯如在自杀前对亲友说：“南京大屠杀，我发现不仅仅是日本人的问题，还有中国人的奴性，中国人有一种极其恶歹的心理，在世界民族中也罕见！从来没有一种人，因为不同的主子，可以作践自己的同类，到了极其残忍的地步。我原本想拿大刀砍向鬼子，可是发现需要砍的，还有自己的同胞。”

如果这真的是张纯如说的，那么，这才是她凝视的深渊的底吧。勇者注视深渊，但深渊的底部，毁灭了一个人。

又在新闻里看到一个贫苦出身的年轻人的悲剧，再一次想：许多压抑天性的奋斗或者过于勉强的出人头地，虽然可以暂时改变生存的样貌，让人有奋斗改变命运的错觉，但是命运往往会在这个人意想不到的时候反扑，像拉橡皮筋，越用力，反弹越厉害，结果还是回到原点，或者归于毁灭。

许多出身好的人，往往说：我就是安命。言下之意，好像别人不肯安命。其实是好的命运，让人容易安顿，而不好的命运，实在让人难以和生活握手言和。

难怪有那么些老话：人各有命。命该如此。医得了病，医不了命。心强命不强。君子不和命争。

人到中年，渐渐不知道该怎么反驳这些话，也不想反驳了。

但这是一种悲哀的安静。

（2015 年 12 月 13 日）

终于知道了一位日本长者的消息，他已经于两年前去世了。这是一位世家子弟，出生于战后，自己开公司，别人开公司是为了谋生或者当成事业，他开公司，毋宁说是为了给自己一个社会身份。他的趣味都是奢侈的：收藏西洋油画，养纯种狗，养名种鸽子，种进口玫瑰花，作曲。他们家过年，是让一家法国料理店负责年夜饭的。可是，想不到才六十多岁，就因病离开了世间。

因为留学时得到过他的帮助，也因为忙碌疏于联系，直到两年后才知道他的死讯，不免伤感。妹妹安慰说：他一辈子没受过苦，福享尽了。

醍醐灌顶。

是啊，人的一辈子该受的苦，该享的福，都是定数，连能吃多少米面都是定数。

从此吃苦受累，倒也不必过于自伤自怜了。

办公室，像一个广场，冷冷的银灰色调，广场上像士兵一样整齐排列着的，是一模一样的电脑桌、滑轮椅、储物柜……

木心当年回乌镇，夜宿小旅馆的感受是："无论你是个怎样不平凡的人，一入这种旅馆，也就整个儿平凡了。"木心一生都没有在这样的大统间里上过班吧。

平凡是一回事，空荡荡和冷飕飕是另一回事。

明明一个房间起码可以容纳两百个人，但还是觉得空荡荡。莫非因为不管是什么样的人，在这样"一体化"暗示强大的空间里，被按到一个个"标准化"小格子里之后，大家都成了机器人?

墙壁、落地窗、桌椅，没有一样是暖色调的，甚至连灯光也是毫无温度的白炽灯。让人想起半夜肚子饿，起来打开冰箱的感觉，眼前一片明亮，但是寒冷。

在这样的环境里而丝毫不自觉渺小、压抑的人，我对之心怀敬意，但会怯怯地保持距离。

今晚好夜色。月亮不但圆，而且清亮亮的，不但照得人似乎都聪明起来，而且好像能照亮盲人的眸子，让他突然看见世界，能让哑巴突然说话，而且张口就是口吐珠玑。

这样好的月夜，人做些什么才合宜呢？好像只有一件事：和心上人在月下漫步，或者闲坐。

月下，心上，真是好，好到这个地步——实现了夫复何求，不能实现一思便泫然。

垂丝海棠谢的时候，一下子满地都是粉色的雪，风一来，更是乱纷纷地堆堆叠叠，满世界都是落花。像个受了天大委屈的女孩子，有一种任性的决绝，但是毕竟是明艳娇柔的少女，连决绝也那么楚楚动人，让人只想赶紧哄：好了好了，你别生气了，不要闹了，好不好？

每年的年底总是匆忙而抑郁不欢。今年，因为办公室搬家的忙乱和腰酸背痛，更是觉得疲倦和挫败。

刚刚打听到一位故人竟然已经在两年前离去了，又接到家乡的五姑父逝世的消息，还有在香港的表姐已经重病好几个月了。

抬眼正好看到台历，上面正好是一首纳兰容若的《蝶恋花》："又到绿杨曾折处，不语垂鞭，踏遍清秋路。衰草连天无意绪，雁声远向萧关去。不恨天涯行役苦，只恨西风，吹梦成今古。明日客程还几许？沾衣况是新凉雨。"

多么像一年将尽的心情。四顾萧瑟，故人凋零，韶华老去，岁与人俱暮。虽说又要开始新的一年，也不过是 365 天辛辛苦苦的"明日客程"罢了。

只恨西风，吹梦成今古。

只恨，西风……吹梦成今古。

只恨！——恨——西风——吹——梦——成——今——古。

这年头，"亲"成了网店店主对陌生顾客的称呼，而"我爱你"则成了日常表达谢意或者赞成、满意、喜悦的口头禅。

夫妻之间互称"老公""老婆"，情侣之间互指"男票”“女票”，诸如此类，鄙俗得汪洋恣肆，到了令人瞠目的地步。

身为中文专业毕业且从事文字工作的人，坐视这一切，有一种轻微的犯罪感。

清晨的梦中，出现了一副对联：空故纳万境 静能了群动。

是在某个园林或者寺院看到的对联。却不记得是在哪里了。为什么突然出现在我的脑子里呢？当然我也是不知道。

醒来整个上午心情都特别好，好像某位高人悄悄来过，对我耳语了两句。

年底，沈嘉禄请我们几个吃饭，点起菜来挥洒自如，评点每道菜如数家珍，还自己带了一款颜色和味道都美艳的桃花酒。

说起去年，恰好也是这天，我们四个，曾经在外滩吃过一顿午餐，是我做的东。由此感叹一年过去了，真的就是一转眼。眼看就要伤感起来，沈嘉禄及时说：趁热吃啊！大家赶紧说：吃，吃，吃！

宋词里早就说了：一向年光有限身，酒筵歌席莫辞频。

喜欢新疆的杏干。只有一个加工步骤：就是把杏晒干，不去核，不加糖。

杏肉干成了皱皱薄薄的一层，有点硬，放进嘴里，慢慢嚼，杏肉会呈现出一种深刻的弹性，微酸和甘甜，显得非常自然。看上去颜色深、偏褐的，味道更好，因为原本是更成熟的杏。

纯本色，纯天然，真好。

参加一个聚会，遇到一位名人，觉其态度非常谦和，对待男女老幼礼数也特别周全。

对别人说起，夸赞他“如沐春风”，那个别人毫不犹疑地说：“他是装的。那天那个场合，他心里一个也看不起的。”

我被噎住了，停了一停，回答道：“那也要肯装啊。”

肯装，至少也是看得起你们。

这回的中药，居然有一味小石头——紫石英。就是石英石的模样，半透明，有棱有角，指甲盖大小，颜色不太紫，有的绿有的白。吃中药多年，第一次煎起了石头。

想到药里还有一味虫子，顿时有些灰心。为了一个不争气的身体，都从植物吃到了虫子和石头，也真是可伤可叹。也许有人会以为人吃中药大多是为了延年益寿、滋补强身，像我这样的人才知道，只是为了有些气力，为了多一些坐着、走路、说话、接电话的力气——维持日常生活起码的气力。为了这一点，我和帮我看病的中医也算无所不用其极了。

紫石英要单独煎三十分钟，看着孤零零几枚小石英石在清水里微微颤动，忽想起唐人诗里也有写“煮石”的，比如韦应物的《寄全椒山中道士》中就有“涧底束荆薪，归来煮白石”之句。

这确实有点像我现在的日子啊。白天上班谋生——涧底束荆薪，挣来药钱和煎药的天然气费，回家来就分药、煎药——归来煮白石。这样的生涯，真如药汤一般：又黑又苦，有时候还带一点不能多想来历的腥臭，让人颇难忍受。

幸亏这回的药里有一味紫石英，澄清了我疲惫纷乱的日常生活，让我落叶满山的心里突然多了一缕风雅的念想。

唉，说话太顾着痛快了，终究是有麻烦的。

自从我在《茶可道》里公开写了不喜欢白茶和普洱茶之后，这几年，不断有人找上我，名为请教或商榷，实为不理解地质问或颇有把握地劝导和说服。

关于白茶，来找我的主要是福建的人。关于普洱，主要是云南的人。至于茶庄的主人，则是上海、北京、杭州，各地的都有，他们在商言商，说什么都不足怪，我也不放在心上，只是谢绝他们送茶便了。但是福建和云南的许多人，都是研究茶的人，或者爱茶的人，他们的不理解和不满，我是在意的。

不论是福建还是云南，他们礼貌的质问的其实是同一句话："你怎么会不喜欢呢？"他们对我有足够的认同和善意，没有指责我为不懂装懂，明明是外行还来胡说浑搅，于是反复强调："你没有喝到真正好的。"在他们看来，茶是好茶，人是明白人（他们都说喜欢我写的书，觉得至少并不全然是个外行），那么解释只有一个：你没有喝到真正好的。你遇到的都是李鬼，然后你错怪了李逵。但是都不愿意接受，就是我本来就不喜欢李逵。

唉。我起初还分辩：其实，我喝过一位真正老茶客分享的二十年陈普洱，连民国的古董普洱也喝过，都没有真心喜欢过。白茶，我也多次喝过福建亲友送的上好的福鼎白茶，也觉得不错，但是个人口味的缘故，在我口里心里实在无法和台湾乌龙、武夷岩茶相提并论。

后来，我明白了，我都是在说废话，对方无法接受的。事关口味，其实就和感情一样，人与人是无法统一看法的。

想起评论家郜元宝讲的一个笑话。有一次，他在一个研讨会上批评了被研讨的甲作家的小说，他不知道伤了人家的心，会后别无他事地和作家乙喝茶去了。突然作家乙的手机响了，是作家甲的电话，然后，郜元宝在很近距离之内清楚地听见作家甲幽幽的声音：“唉，元宝啊，他不懂小说。”

茶也好，小说也罢，赞自己的人，都是懂的；批评自己的，自然都是不懂的。

和发型师聊天，说到发达国家的良好的诚信，发型师说：“这不是三两年可以达到的，他们是人相信人好几十年了。”

“那么我们呢？”

“我们是不相信人。”

我们在镜子里交换了一个会心的眼神。多么悲哀。

所有的宫廷戏，悲剧只有一个：皇帝是权力的巅峰、权力的中心，所有人都为了接近他取悦他而争斗，在斗的过程中又纷纷利用皇帝的权势来对付、削弱敌人，更深地卷入争斗漩涡，越来越接近漩涡中心。争斗的出发点，大多数是为了自己，为了自己施展抱负，或者为了自己过得更好，但不用到最后，到半程，就纷纷失去了自己。

不论初衷高下，失去了自己，总归是输了。何况有许多，还丢了性命。

过去所谓“干什么吆喝什么”，这话在今天是彻底过时了。

有的事只能干不能说。

有的人的口头和内心、行为和欲望都是分裂的。

上海人说一个人“路子有点怪”，往往根源就在这种分裂上。如果分裂加上扭曲，到了“路子老怪的”，那么对其能量所及的对象来说，其实就相当可怕了。

“我不会恨你，也不会原谅你，因为太不值了。”这是一部宫斗戏里，胜利了的女人对她昔日的死敌说的最后一句话。

“我不会处置她，免得脏了我的手，因为她不配。”这是在现实中，一个白领佳丽成了女BOSS之后，对昔日曾经对她恶言相向、后来却成了她的部下的泼妇的态度。

确实，快意恩仇是一个境界，不屑出手、完全忽略不计是另一个境界。

当工作，成了干活、饭碗，人所得的就只有工资，而所付出的却不仅仅是时间和体力，肯定还有更可宝贵的、一去不复返的东西。一想就能想明白的，但是许多人也不敢细想。

长年吃中药。偶尔一边煎药，一边写作，药罐里的水开了，药的气味渐渐弥漫了整个房间，似乎整个房间的空气都变成了浅褐色。在这样苦而带着酸的味道里写作，感觉人生真是苦涩而酸楚的。同时也从未有过地感到了写作的意义。

陈丹青说，他是用画笔一笔一笔救自己，贾樟柯是用胶片一寸一寸救自己。我在一房间的苦药味中，一个字一个字救自己。

手机静音了，仍然会不时震动。

广告、会议通知、天气，这些都是不针对我的，那是城市里的一阵阵雨，下到许多人身上，有一些雨点溅到我而已。

发给我的短信、微信，那是对着我的了，亲人朋友的关怀，像泉水滋润我；可是，有一些天灾人祸，还有亲友辞世的消息，像箭一样突然射入我的眼睛，我的心。

因为手机，坏消息来得太快，太直接了，像个随时随地打上门来的恶人，毫无修辞，毫无顾忌。我因此对手机总有点戒心和怯意。

听见有人抱怨：去年还那么规定，现在又要求这样，这不是自己打自己的脸吗？

对。但现在这年头，谁没有打过自己的脸？

被迫割肉，发誓不再炒股，然后终于再次热衷直至遭遇强行平仓，甚至恭逢“熔断”之盛。

多年扬言想要两个孩子，没想到真的可以生第二胎，又算计着房子面积，筹划着教育费用，不敢生了。

至于个人情感方面的打脸更是每分每秒在发生。明明彻底拉黑了一个人，决定老死不相往来，结果被对方一条短信就弄得溃不成军：“今天到了那家店，看到你坐过的位置空着。你好吗？”即使不回复，泪雨滂沱的你，没有打咬牙切齿的你的脸吗？

如果可以从自恋里抽身出来看，打脸这件事也未必那么可怕。

在你打脸之前，别人是分两部分的，一部分是本来就知道你的本来面目，所以不曾根据你端着的、装出来的、迷失了的样子来判断你；另一部分是不了解你，暂时被你“瞒骗”了，却因为假象而对你羡慕妒忌恨。

所以，当你打自己的脸的时候，前一部分人会欣然接受你回到本来的样子，后一部分人会在讥笑之余放下对你的忌恨。怎么看，都没有任何损失。

所以，自己打脸时，轻松愉快一点吧。打成了熟练工之后，可能还会获得一种节奏感呢。

和一位作家喝咖啡，他说到刚刚发生的个人生活的变故，作家叹息说：“真不知道大家会怎么看。”

“大家是谁？世界上的人，其实只有两个人，一个叫‘和你相干的人’，另一个叫‘和你不相干的人’。”

“相干的人，都明白来龙去脉，也都明白我了，我不怕。”

我一指满街的路人：“那么你是在乎他们的看法吗？

相信我，人家都很忙，没空关心你。你即便不是无名之辈，到底不是总统总理或者演艺巨星，作家在世人眼中不过是苦哈哈的手艺人罢了。”

“这么说，我们选对行业了？”作家说，我们都笑了起来。

看微信里北京的朋友又在发蓝天的照片。

冬天，北方的晴空果然是不同的，叶子落尽的树枝，像构图疏朗而线条细腻的装饰画。天蓝得让人失语，又那么辽阔，让人有灵魂出窍的感觉。云朵那么高远，洁白而淡然地和尘世保持着距离。最可贵的是阳光，那种强烈的光线，像天上一个巨大的珠宝盒打翻了似的，无数晶晶亮的珠宝不断地倾泻下来，洒满了各个角落。而且珠宝带来的是冰冷的感觉，而这些珠宝竟然是温暖的。心里感到温暖的人一抬头挺胸，立即年轻了十岁。

俗话说“拼死吃河豚”，当有人问苏东坡河豚滋味到底如何，东坡笑答：值那一死。

我说：北方冬天的蓝天，值那一冷！

有时候，被人气势汹汹地一质问，觉得对方无理到荒唐，但是却不知道怎么反驳，从何驳起，于是无话可说。

倒像是理屈词穷似的。

不是不想驳，也不是不屑争论，而是发现双方差别“有如活人和死人”，根本无法交流，实在无从说起，于是只好放弃了。

网络语言的词汇，最能接受的是“无语”，因为有些时刻，真的就是“无语”。

茶几上的两个茶壶里都有茶，一个是隔夜的，昨夜临睡忘记清掉了；另一个是今天新泡的，只看叶底，区别不太明显，拿起来，一个是冷的，另一个是温的，于是马上明白了。

人也一样。只是看哪里行，要接触要相处，一接触自然明白。

在日本留学的时候，也有过一些旅行，但是最北的北海道，最南的冲绳，都没有去过。完全不考虑，因为：没有时间，没有钱。自费留学生的“自”，是自由，也是自力更生与自我约束。

2014 年，去了北海道；2016 年，冲绳。

我从来没有意识到，当年我其实是想去北海道和冲绳，但是去了，我却觉得实现的是多年的心愿，而且有一点点混杂了长久忍耐终于得到报偿的丰实的满足感。

有的愿望，被压抑得深了，竟然是到了实现的时候，才知道有多强烈。

我到过北海道了，也到过冲绳了，从今以后，再到日本，我就可以去任何地方了。在此之前，我必须先到北海道，先到冲绳。

人的心愿就是这样，它可以躲在光照不到的地方，完全隐藏，连自己都意识不到，但是它在，一旦有机会，它就会——走进光里？不，不，它自己就像光一样，照进你的生活或者梦境。

光能不能出现，什么时候出现？取决于光自己的强度，还有遮蔽物的厚度。

心愿和现实，总是这样无声地搏斗着。

心愿是不会真正消失的，除非现实把它死死按在海平面下面，一直不让它有冒头的机会，一丝都没有。

如果那样，心愿可能就进入梦境，或者艺术创作。

心是软的，愿是虚的，自然赢不了坚硬的现实，但是现实也很难完胜。

在冲绳，处处看到花，常见的有大红的扶桑，还有一种也很常见，一大丛一大丛的绿叶子，上面开着一簇簇的小花，形状像小灯笼，更像水滴，白色的，最下端的尖上一点粉红。十分娇艳，以前肯定没有见过。许多地方没有写这花的名字，向出租司机打听，人家说了也不知道中文是什么。

最后妹妹查到了，叫作艳山姜。那植株是不知道哪里透着一股姜味，这个名字非常传神，而且好听极了。第二天，在那霸的商店街上，看见有许多摊卖艳山姜做的化妆品，有化妆水、肥皂，好像还有饮料。有的摊上还挂着一束这种花来吸引顾客视线。这时候，终于看到日文中的汉字写法了，却是“月桃”二字。

月桃也不错，“月”是花的大部分颜色，最后来一点“桃”色，也很妙。不过我还是更喜欢“艳山姜”，更有个性，更特立独行，有异域色彩。

在冲绳第一次见到的植物还有：珊瑚藤、榄仁树。

后来看许多朋友去冲绳的照片，人家都是在潜水，在看鱼，在晒美食，我没有潜水，我也吃了岛豚、岛鱼、岛蔬菜，我也看了鱼，但是我忘不掉的，还是冲绳的植物。

强烈的阳光和丰沛的雨水下，洁净的空气中，植物们浓烈、茂盛，无比自在，自由奔放，真是美极了。一棵一棵，一丛一丛，都在欢呼：自由万岁！生命万岁！

看到一张照片，是多年前认识的一个人，吓了一跳。老了，自然是大家都老了。但这不是问题，这是怎么回事？他到底是醒着还是没有醒？一张脸，不是胖，也不是横肉，而是浮肿的，但又奇异地有一股打了太多肉毒素的僵硬——这样的表情肌，他是多久没有笑过了呢？眼睛，不知道究竟有没有睁开，所以站着也像是睡着或者快昏迷的样子。衣服总算比人生动，虽然一样缺筋少骨，但膝盖那里还鼓着两个赌气似的大包。

这不是放松，而是放弃。

看在当年那么相投的份上，若遇见，一定给足面子，不打招呼，不擦肩而过。

日本庭园里的枯山水，精致而哲学，但我总是不很喜欢。

枯山水不能久看，看久了，我觉得口渴。

这是因为我在湿润润的江南生活得久了，还是因为我的俗念实在太深？指鹿为马的禅意，也太固执了。

每次散步经过许多树，花开的时候很容易认出她们：腊梅，梅花，玉兰花，海棠花，桃花……已经看得很相熟，没想到花一谢，竟然常常分辨不出了，连腊梅和海棠，含笑和冬青，似乎也区别不大了。

原来我从来没有仔细看过她们的枝叶。原来植物，是用花来证明自己的。

那么人呢，如果一生不能开出夺目的花来，是不是就像一棵默默度过四季的树一样，无法证明自己？

夜里散步，走过一棵树，记得它春天时开过一树白花的。可是，根据那个白花，我也不太明白它是李树还是梨树。

这时候，一阵微风过，树叶翻动，露出白色的背面，但其中一片叶子不翻过去，只是轻轻摇晃着，定睛一看，那是一个圆圆的果实，一个小小的梨子。

哦，这是梨树。因为这个确凿无比的证据，我不但确定这是一棵梨树，而且回过头去，确认了几个月前的那树白花是梨花。

这个适时出现的小梨子，是梨树对一个呆人打招呼："你好！我是梨树呀。"

我惊喜地回答（说出声音来）："你好，梨树。"想了想，加了一句："你干得漂亮！"

原来，植物除了以花证明自己，还以果实。既不虚荣浮夸，也不压抑屈从，她们该开花时开花，该结果时结果，你若不了解就不了解，你若有心了解则早晚能够了解，她们从容不迫，自行其是，不畏不忧，毫无压力。

植物往往干得比人漂亮，我输得心服口服。

草地上落满了辛夷花。开在树上的时候，觉得似乎是浅紫色的，又好像是粉红的，直到此刻，才看清了花的颜色，正面是柔白，反面是粉紫（正如爱情，一面是柔情，一面是灰心）。

凋零了，才发现它们从来都是一体的，是一件事的两面。

满地柔和的白与粉紫。辛夷到最后，竟然美成这样。有没有一种爱，可以美到尽，和辛夷花相匹？

辛夷落，满地都是无可挽回的美。

办公室搬家。整理抽屉和柜子，蒙着灰尘的书和信，旧通讯录，还有一堆不记得怎么来的、一次也没用过的名片。

感觉到的，甚至不是厌，不是倦，而是一种淡而深的麻木。

该退隐了吧。

常常看到有人讨论文明人与非文明人的界限。

文明常常并不能为自己带来实际的帮助和好处。路易十六的玛丽皇后走上断头台的时候，不小心踩到刽子手的脚，她的道歉脱口而出："先生，对不起，我不是有意的。"这是教养，像美貌与血统一样无法改变，惟有死亡才能将它封存成传说。

杨宪益先生的夫人戴乃迭是位英国女子，追随夫君来到中国，历经各种政治风波，十年动乱中又身陷囹圄，即使如此，每当看守给她送饭时，她总是报以一声："谢谢你。"这也是教养。

教养，不是为了换取什么，或者躲避什么，教养在文明人的血液里、骨头里，正如野蛮在非文明人的每一个动作和每一个眼神中——即使他们没有吐出粗鄙的语言和痰。

一边煎药，一边写东西，在苦而酸涩的气味中写着，感觉有点像人生的比喻：一边忍受着无处不在的苦涩，一边不停地劳作着。不是逼自己，而是如果不劳作，连这点乐趣也没有了。

叫不到出租车的时候，经常找附近的五星级宾馆，在他们的门口排队。其实也不一定比在马路上快叫到车，但是有秩序就有希望，有秩序就安心。不像在马路上，没有秩序的每一分钟都是焦灼与患得患失，都是对明争暗抢的提防，实在煎熬。

面对一个不可理喻的人，本来已经大怒了，突然想起此人遇到过的不幸，人生对她如此不可理喻，也难怪她成了这样。

气还来不及消，怜悯便突然覆盖了上去，如同突然从天而降的白雪厚厚地覆盖了枯草。

信息的雨，雨量真大，下个不停。瓢泼大雨，却与内心毫无关系。有时候，也有一两丝，会飘到心里，针一样扎在那里。

傍晚时下了雪，到第二天，却完全没有积起来，地上连水痕都没有。雪化得彻底，就像从来没下过。

但从此，我也可以想象每个夜里都下过雪。

就像白天看见那么多淡然相处的男女，可以想象他们在夜里曾经真真切切地相恋过。

听见有人说：在北方过冬靠暖气，在上海过冬靠浩然正气。忍不住哈哈大笑。

过去对自己的总结是：淡定地灰溜溜。现在发现进步了，偶尔也会苦中作乐了。

（2016 年春夏）

有个段子说老天爷实现了全中国人的心愿，北方是南水北调，南方是集中供暖。

而我，在五月的一个夜晚，感觉到远方的一阵带着凉意的湿气，就说：肯定有什么地方在发大水。

远处的大水送达的秘密信函，直达我的每个毛孔。

看到一篇文章说，因为缺乏诚信，现在是“所有人对付所有人的时代”。

“所有人对付所有人的时代”，每个字都像碎玻璃一样，不敢念出声来，只是看，已经很可怕。

“姿”与“态”。

姿是天生的，自然的，无意中而得之；而“态”都是有意摆出来的。

生姿，多好，美，且舒服。作态，就讨厌了。

可惜很多作态的人不知道，还以为自己“作”久了，“态”的段位高。

（2016 年 8 月）

七夕前后，上海的天特别蓝，云很大很白很低，许多人想起了棉花糖，我想起了唐朝宫廷中的贵妇，那种肆无忌惮的丰美和绰约。

有时候云在天空十分铺陈，但是光线仍然从云与云的缝隙里，从云中的每一丝缕里倾泻下来，不知道整个天空究竟是云的世界还是光的世界。

有时候云非常立体，像群山环绕，不过山都是倒挂下来的。有时候又像一口深深的云的井，井底露出那种让人一看就不愿意移开目光的蓝色。

“雨过天青云破处，者般颜色做将来。”皇上要这样的瓷器，他也喜欢这个颜色。这确实是一道很唯美很浪漫的圣旨。

到了高架上，视野更加开阔，天空以很大的幅面在眼前舒展，让人立即觉得平日的心胸狭小。

这样的天色，让人忘记了出门原本是在城市里奔波，有一种错觉：特地出门，只是为了欣赏天空。

有的人，遇到了会吃大亏，然后自己得到教训，变聪明，那种相遇是人生的药。

不过，虽说良药苦口，但是喝过了，没必要任那个苦味在口中和喉中翻腾，来让自己继续难受，还是赶紧清水漱口，再来一点甜蜜之物压压那个苦味吧。

遇到了也就遇到了，药已经喝过了，那个让人从心底战栗到指间的味道，就让它过去吧。

苦瓜这一味，不是人人喜欢，那喜欢的人，也不会从小喜欢，大概要三十五岁以后才会喜欢。

也许是到了一定年纪，知道回味比“前味”更重要了，又也许，是在人世的苦海中沉浮久了，已经习惯苦味并从心底接受了。

有一天，母亲说苦瓜可以煮汤，我说：那汤不是很苦吗？

母亲说其实不然，苦瓜的汤并不苦，苦瓜有个特点，和别的菜煮在一起，不会让和它在一起的食材变苦，“它不苦别人，只苦自己，所以它有个别名，叫作‘君子菜’”。

不苦别人，只苦自己，从未听过对君子这么简洁的定义。

从厨房出来，在厅里站着想了一会，几乎落下泪来。

年岁越长，经事越多，越难彻底地恨一个人，或者鄙视一个人。

每个人都不容易，不是有先天的缺陷就是有儿时的伤痕，长大成人的过程中难免都有些不能示人、不愿承认的曲折和黑暗。每个人的扭曲或者阴暗处，对他（她）本人来说，却是苦处、难处。

明乎此，天下的坏人少了百分之九十。平时所遇见的人，越来越少了声讨的冲动。一辆马路上闯红灯吓了你一跳的车，也许是人家家里有人得了急病在医院里；一个于金钱上过分计较的人，也许人家家里确实捉襟见肘……

只是，渐渐地，觉得自己变得混沌起来。早年的洁净与爽利，像天边的一朵云，不知道飘去了哪里，再也没有飘回来。

难怪，高人都要躲到山里去。天天在人海里打滚，只能是事事从俗。

那些声名如日中天的“高人”，其实也都未能脱俗。

否则，这人早就到哪个山谷或者荒原上隐居去了，怎么还在滚滚红尘里到处演讲和签售？

大部分著名人士，也不过是半雅半俗的人（俗是他们与大众的桥梁），但是智商出众，雅俗比例配得恰到好处；有的还加上运气好，雅俗切换得恰逢其时。

天气凉快了，收竹席。竹席，古人称“簟”——说到这个字，总想起李易安的“红藕香残玉簟秋”，非常有时令的感觉。这个字的发音当年总记不住，要读成“潭”。

后来又遇到“蕈”（菌类），也是发音不讲理。

带“覃”的字，常见的潭、谭都读“覃（谈）”，加上“金木水火土”偏旁的也一律读“覃”：镡、橝、潭、燂、墰，还有醰、鐔等，都读“覃”。

为什么“簟”和“蕈”两个字偏偏旁逸斜出？而且两个字用一个韵母还罢了，居然还各用一个韵母，一个读作“店”，一个读作“训”，真是好没道理。

连最安静有常的文字学有时都这般不讲道理，平时处处想讲道理，真是读书人的痴心妄想。

秋天，常会想起一个穿风衣的男子的身影。似乎是在欧洲电影里看见的，似乎是在异国某个咖啡馆的窗外看见过的。长身玉立，飘然而过。

惊鸿一瞥，最好之处在于不落实，不落实也就不会破灭，不会由二十年后臃肿油腻或者大肚腩兼秃顶的造型来瓦解、败坏，也没有机会开口说出几句反智、反人类的话来惊得人避之不及。

惊鸿不能落地，地上不是泥水，就是尘土。

如果有一个人，经常在你梦中出现，都成了梦境中的熟人，那么要么这个人是你的噩梦、你的压力之源，要么这个人是你的梦想、你的眷恋、你自己的一部分。

但到了一定的年纪，即使是前者，也会不希望他消失。因为生活中的旧人，已经开始一个一个消失了。

许多网站、微信公众号转发作家的文章，不但未经授权许可，更没有稿酬，更有甚者，往往连署名都去掉了。

没有什么比这样对一个作家更不公平、更不尊重了。

作家没有时间和精力去打这些官司，只好忍了，或者一笑了之。有的修养足够好的，说：只能当作一种不太妥当的恭维。

有些事情，分不清是赞美、欣赏抑或藐视、轻慢，是给予还是剥夺、掠夺。生活中，这样的事情越来越多，是令人不安的。

想想又不止。许多关系莫不如此，比如师徒翻脸时互相指责对方无情无义，其实是建立关系的当初，便包含了相生相克的感情因素。男女相爱，也往往如此。

得到还是失去？有时候真的说不清楚。

周末回家看母亲，在复旦周围散步，看到文具店门口的货摊上，在卖各种A4大小的笔记本，封面都很漂亮，简洁而文雅，纸张也不错，打开有宽度合宜的横线。看价格，三本十元。十元，只是菜场里一把青菜的价钱。

买了六本，毫不犹豫。其实没什么用，只是喜欢，而且，这都是我小时候梦里的文具，我从小渴望可以拥有它们，直到我读大学，都还没有这么多这么便宜的笔记本。因此，如今只要看到任何纸制品卖得太便宜都会心生怜惜，仿佛看到一个故人流落异乡，风尘满面。

我们这一代，也许与纸制品一样，都流落于当今？

什么叫正确，什么叫错误呢？

“鳜鱼”，大多数上过中学的人都认识这两个字，即使生物课上没有学到，语文课也会遇到“桃花流水鳜鱼肥”嘛。

可是，生活里，我几乎没有看到过这两个字，到处看到的总是“桂鱼”。餐厅的菜单上、广告上，菜场的价目表上，“鳜鱼”永远都被冠以可笑的“桂鱼”的名字。

起初总是如临大敌地对人家指出来，往往被人一笑置之，有一个女老板干脆说：“你说错了就错了，我们是没文化呀！”以至于整顿饭我都在腹诽：白长得这么漂亮，也这样一点不上进！你自己这样自暴自弃可以，这样以讹传讹，耽误鳜鱼的终身，真的可以吗？

有一回又实在忍不住，按捺住自知“职业病”的心虚，对餐厅的老板指出，这位老板比较谦逊，耐心地和我进入准学术探讨，可我刚说了半句，他马上说：“是鱼字旁？啊，对哦，应该是鱼字旁加两个土字！”我说：“不对，那是鲑鱼的鲑字，鳜鱼的鳜是这样——”他凑过来一看，说：“这不是厥鱼了吗？这不对的！这样写出来，谁认得啊？”

突然默然。如果“鳜鱼”写出去，真的有顾客不认识，以至于那天的鳜鱼卖不出去，那也是耽误鳜鱼的终身啊。

好吧，对于把“鳜”读作“厥”的人，鳜鱼确实可以写作“桂鱼”，这个金牌错别字已经这样“有效沟通”了这么多年，就像父母包办的婚姻，虽然一开始没感情，但是将错就错也这样多年了，再来说对错，已经没必要了。

喜欢植物的男人，总让我无端起脱俗而柔善的联想，格外看重。

可能也不是完全无端？除了植物学家，一般人喜欢植物是无用的，而对无用之事、无用之物肯留心、用情的男子，总是难得。

加上植物少有不美的，所以喜欢植物的男人，其实是对美耽溺，他们往往是极懂审美的。

有一天在一个会上遇到复旦大学的教授谈峥，和他谈起“植物与男人”这个话题，我说李渔喜欢植物，顾随也喜欢。他说这个很有趣。谈峥就是长期种花、写植物的，而且他对植物真的懂的多，绝对不会一提笔就是“不知名的花儿在开放”。

半夜，在黑暗中，闻到兰花的香。

那种无法言传的高纯度美妙，让人为此前麻木的夜夜安睡而惭愧。

世间有一种人，像兰花一样，在素淡谦抑中抽出花茎，静静开出精致如玉雕一样的花来，吐露能洗濯心灵的稀世芳气。不在意有没有人在意，有没有人欣赏。如果有谁不曾接近，不曾被熏染，那是人的损失，而不是兰花的。

兰花只是做自己，别无他事。兰花，就是兰花自己。

经常在上班的电梯里，想起一个新闻播音员朋友对我说的话，有一天，当她和她的搭档（一对屏幕上的金童玉女）一起坐在演播台的固定的位置前，不约而同地，他和她一起叹了口气。那一瞬间，她第一次想到：不应该再这样日复一日地继续下去了。

那以后，她改了行。她做了什么，成功与否，都不重要，但是她说的这个细节一直存在我心里。那样无比紧张而无限风光的生涯，能够这样捕捉到内心的需求，或许也不算什么特殊的事情，但是，我真的喜欢我的朋友是这样的。

因此，在上班的电梯里，如果碰巧是一个人，我常常会注意自己有没有发出那一声厌倦的长叹。

同一件事，同一个人，对不同的人，意味着什么，是完全不同的。

有一次听见一个人满怀感激地谈论一个业界的前辈，说他何等爱护晚辈，为了晚辈的前程不惜和人争论得脸红脖子粗；说他如何言出必行，答应了的事情宁可大费周折、自己辛苦也要做到。

我相信那都是真的。但是我也听到另外一个人颇为鄙夷地谈论过这个前辈，说他与女部下保持说不清楚的关系，犯了好几重的忌讳。

年轻的时候，我要么觉得有一个人说的不是真的；要么完全不能理解。中年之后，我明白了，他们在说的确实是同一个人。那个和女部下关系暧昧的男人，和那个真心爱护晚辈的前辈，就是同一个人。

这就是人性。

我还知道，所谓的“暧昧”与“交换”之间，“知遇之恩”与“晋身之阶”之间，“孽缘”与“真爱”之间，“破例变通”与“无原则”之间，“极致”与“变态”之间，不但可能互相转变，而且始终也并没有那么清晰而笔直的界线。

理解这一点，就会明白，为什么散文永远不能代替小说。

开大规模的会，就很难达成有效地交流，所有人看见所有人，但是所有人和所有人都没有相见过。

即使是很想见面的人，也不能在一片模糊浮动的声浪和万头攒动的气浪中真正地聊天。

“事情很曲折，但是我不曲折。”说完自己的感情经历，她这样一言以蔽之，眼睛里的天空万里无云。

反之，也有人在“事情”上没有动，表面上似乎是安静的，但是心里日夜不停不静，“比世人都忙”，日子久了，往往一头一脸的沟壑、颓相和油腻。

没有选择的爱与忠诚并不值得珍惜，也不值得夸耀，就像笼中鸟无法证明自己不想飞。

有两端，一端是功利的现实考虑，一端是斯德哥尔摩综合征，一切没有选择的忠贞，无非是在这两端之间往返的疲惫的旅行。

未经选择是另一回事，那是冲动，或者是盲目。

学问论深浅，情怀和趣味应该论浓淡。

唐人绝句情怀浓，所以饱满明快；汪曾祺小说趣味浓，所以隽永耐品；日本插花（尤其川濑敏郎那一路）其实也浓，太浓了，只好归于“侘”与“寂”。

有一种关系，我称之为“无情的重要关系”。

短暂的如饥饿的人和送快餐外卖的。长久的如心理医生和病人。

电影《无间道》里，梁朝伟演的那个卧底警官和陈慧琳演的那个心理医生的关系即是典型。

警官阿仁惟有到李医生那里，才能吐露心声，得到作为一个人必须得到的高压之下的舒缓，才能安心睡着。甚至他会那样温柔而略带羞怯地望着她，他们也有充满感情但不失分寸的肢体接触。

说不清阿仁是不是爱她，但是阿仁绝对需要她。她呢？作为心理医生和女人，她都给了他最大的善意和支持，但是这样做的理由呢？

如果不是出于爱，其实是很难解释的。正是他们之间存在着爱，才会为阿仁提供那样一种安心和舒适的氛围，也是那个苦命的人一生最后阶段的难得的奢侈。但阿仁什么都给不了她，不但没有出路没有明天，而且朝不保夕，随时可能被外力中止，谁能知道她要独自平息多少内心的波澜，消化多少叹息和哭泣，才能温度恒定地出现在她的患者面前？

这个人，他索取时，是介乎患者和男人之间的，渐渐作为彼此知心的、关系暧昧的男人；可是她不能索取，不能要求。他如果可以让女人索取，他必须首先回归正常生活，可是一旦他回归正常生活，她就不再是他暗夜中的灯火，沙漠上的绿洲。

她应该是暗暗希望他回归正常人生活的，哪怕因此自己变得不再重要，两个人相忘于江湖。毕竟，那样冰雪聪明的女子，总是希望这个人能够平安地活下去。在这之前，她要努力帮助他，收起女人的天性，只做一个拯救的天使，并且假装这一切百分之百只是出于职业的修养，而不是出于感情。

要怎么样强大的内心和上佳的修养，才能维持这样的“无情的重要关系”？

常听到对“公器私用”的批评。

但是有些人连私生活都拿出来喋喋不休，甚至自我曝光博眼球，那样的“大公无私”，也让人同样难以忍受。

对私生活的“无私”，已经从无聊滑向了无耻，如果不是一时糊涂，便是人品的刹车已经失灵。

什么时候，人人可以做到，像分清办公室和卧室那样，分清公与私？

有时候家里人会罔顾事实地认定家族中的某一个人像某一个电影明星或者歌星。

比如，外婆像秦怡，外公像孙道临，爸爸像张学友，妈妈像钟楚红，哥哥侧面像刘德华，姐姐笑起来像邓丽君；三表姨像潘虹，大表姐像蒋雯丽，二叔家的堂弟像吴秀波，大姐夫像陈坤，小妹妹神似桂纶镁，而那个从小惹人疼的长房长孙，紧凑的五官加一双小眼睛，活生生就是一个儿童版周杰伦……

反正被这样评说的人听了一般都会高兴，即使不认同，至少不会不悦，只会笑着回答“不敢当！”“我哪能和人家比呢”；而被信手拈来的明星也不会来追讨“客串出场费”，更不会为自己的形象“维权”，所以这种家族内部的娱乐因为无本、无害而长久不衰。

像钟楚红的妈妈，像吴秀波的堂弟，像陈坤的大姐夫，像桂纶镁的妹妹……这可以算是一种封号，家族里的封号。

《西游记》老版电视剧最动人的是其中的女儿国的那支歌："鸳鸯双栖蝶双飞，满园春色惹人醉。悄悄问圣僧：女儿美不美，女儿美不美？说什么王权富贵，怕什么戒律清规，只愿天长地久，与我意中人儿紧相随。爱恋伊，爱恋伊，愿今生常相随。"

画面是美貌温柔的女国王，含情脉脉地带唐僧游御花园，从容貌到气质都上佳的一对璧人，在景色宜人的花园里闲步赏花，而且因为坐拥权势，不用辛苦劳作就已一切应有尽有，这确实是俗世幸福的最大值了。当初听这首歌，觉得非常柔曼甜蜜，词与曲都将画面里蕴藏的心思传递得十分准确，因为那是作为女国王不能启齿却有把握、作为女儿家非常热切却依然羞涩的心思，非常合情合理，因此是《西游记》中难得的既富有人性又饱含美感的一幕。（猪八戒好吃懒做，也符合人性，但不高级，总体上缺乏美感。）

前几天偶然再次听见，却发现了新的意味。

突然觉得这是"制服诱惑"的反其道而用之。不是身穿护士服或者校服的美貌女子对男人的诱惑，而是女性受身穿代表极致戒律的僧服的美貌男子的吸引，是一个占据主动的女性向“制服诱惑”的男性发起“进攻”。一个美貌的女子，故意问一个特定的男子：我美吗？这不是确认一个双方共知的事实，而是一种调情或者热烈感情的早期流露。“悄悄问”谁最石破天惊？“悄悄问”哪一种男人最挑逗？身负神圣使命，坚守信条戒律的著名僧人——唐僧，没有比问他更石破天惊，更挑逗的了。

看电视剧的时候，觉得唐僧对女国王始终冷淡，离开时如释重负，虽有一点不忍，内心依然波澜不兴，实在有点“非人”。当然这是“忠于原著”的，原著这一回的回目就是“法性西来逢女国　心猿定计脱烟花”，女儿国不过是唐僧师徒遭遇的又一个困境，女国王虽然不吃人也不强迫唐僧，但也是唐僧不愿意面对的骚扰纠缠和磨难，也是孙悟空需要对付的一个麻烦，从他们师徒急于摆脱的程度来说，女国王与妖精并没有什么不同，或者说，这样一个真正美丽而深情的女子，也不过是一个不是妖精胜似妖精的另类妖精。

事实上，肯定不是这样的。对孙悟空可能是，但对唐僧不会是这么简单的。其实女国王是各路妖精之外的惟一的美女，是代表人性与人间对唐僧的最大考验。唐僧被封为“御弟”，而他只要答应和女国王结婚，自己就成了“陛下”了，富贵荣华，如花美眷，夜夜笙歌，日日欢宴，都是题中应有之义。

而且，她是个女子，不是妖精；她很美，是血肉之躯温暖真实的美；况且，她真的爱慕唐僧，不是把他当成什么元阳的化身，也不是想吃他的肉，而是把他当成一个称心如意的男子来爱，还愿意让他当国王，自己改当王后，和他长相厮守，恩爱到老——这不但是爱情，而且是人间登峰造极的爱情了。

对这样的感情待遇，唐僧拒绝了，可以理解，并且值得尊敬，但是唐僧心里，纵然没有纠结，就没有一丝一毫的怜惜遗憾和无奈吗？或者，面对这样稀世之珍般的毫无保留也无以复加的肯定，除了拒绝和尴尬，真的没有半点深深压抑的喜悦和感动吗？以唐僧的心性和悟性，不太可能会是这样的。袈裟之下，唐僧是人，不是神。如果能够写出这个人的偶尔“动心”，甚至作为男人的纠结和挣扎，其实不但不会有损他的高尚、清洁和尊严，反而能让人理解他的选择的分量，以及一个人要坚守自己心中所信，追求自己的终生志业，是要经历过多少外界和内心的困苦，对他更加肃然起敬。

美女是美女，妖精是妖精；爱情是爱情，算计是算计。若只因为“妨碍”了男人们的正经事，就被打成同一类，一律清白处置，如此人妖是非不分，美丑高下不辨，又怎能取来真经？

三

远路应悲春晼晚

读一位偏远省份的作家的两篇小说，一个像水汽氤氲中的莲花，款款摇曳。一个像福建的蜜饯橄榄，层层滋味。

她写得那么好，依然没有出大名。也许是写得太好了，要等到忙得没心没肺的这一代人过去之后。

某“国学明星”腔调十足像工宣队，全然不知“中庸”是“恰如其分”之意。不知分寸，无谦谦君子之风，怎可能学到儒家精髓?

看仓央嘉措的诗与生平。

人们喜欢他，很可能是因为我们其实也如他一般，不自由，不自在，百般苦楚，万般无奈。而他因了活佛身份，将人世苦楚推向极致，而且大喊大叫大哭或饮泣而为诗。人们胸中难言之积郁由是抒发、泻出。

我们不住布达拉宫，不穿僧衣，但我们亦在禁锢中。而往往并不能如他般猛烈而纯真地反抗。

他的诗可以催下无数人的千行泪，却救不了他自己的一条命。文化的命运大抵如此，永远敌不过政治或宗教，敌不过权力与利益。仓央嘉措是天生情圣，天生的诗人，终究是死于权力的倾轧、政治的阴谋。

但是他的诗，比那些决定他命运的文书、圣旨，暗中的密谋、低语要活得久。正如文化，在政权更替、王朝灭亡之后，依然神完气足地活着。

弱小与强大，该怎么说呢？

有一种小说，女人喜欢，因为它对女人体察得深，女人内心寂寞的皱褶都被抚平。而男人不喜欢，因为它将女人直接置于命运之下，其实取代了男人原本希望的位置。男人成了命运的工具，反而是女人，是与命运对立、抗争的另一方，和男人地位同等。

但他们不会承认，会说：技巧上有点问题，结构上可以这样调整……

小说里的人物，让人觉得世界上真有这个人，关心其命运，就已经是好了。

让人觉得：换作是我，在那种境地里，恐怕也会那么一步一步往人物走的那条路去，就是好中之好。

读者与人物距离越大，而能让读者认为“我也会如此”，越成功。说明逻辑的枝干是对的，情感的血脉是畅的。

“若换作是我”，不是简单的设身处地——读者都没有这个善良的义务，而是被“驯化”的开始（“驯化”是《小王子》里的那个概念）。

从读者想“换作是我”起，小说家的魔力得以施展。

小林一茶的俳句：露水的世啊，虽然是露水的世，虽然是如此。

用日语念，更加凄婉悱恻，却哀而不怨，有一股认命的淡定。

真正的一唱三叹，完全的见于言外。

听《长征组歌》中“战略转移去远方”，突然想到这些年常用的“负增长”。

汉语言有时丰富到了匪夷所思的地步。

用一本新书盖着脸打盹。突然警觉：谁的名字对着我的鼻子？别是哪个龌龊的家伙，那种恶心气味白白熏坏了我。

拿起一看，是江南的一个作家，身上有洁净温和的旧式文人气味。放心了。

看京剧《锁麟囊》。

有情义、肯不计回报地付出的往往是女人，会记恩、报恩的，往往也是女人。戏的结尾，舞台中央是百感交集的两个女子，所有的家人、仆佣、邻居围绕周围，都是陪衬。其中包括她们相形平庸而世故的两个丈夫。

为什么这些戏在十年动乱都被当成“四旧”而批判、扫荡？破“四旧”真的为了立“四新”？新、旧不是问题。大约是那些扫荡一切的人，自己都不能相信善恶有报，也不允许旁人相信，方能扫尽一切心理的屏障。

《红楼梦》里的凤姐，手里有权，又不信报应，不怕报应，于是什么事都干得出来。

《四郎探母》探讨的是律法和人情。因为在复杂而困难的选择面前，每个人都找到了平衡，所以好看而耐看。在母子、夫妻这些“人伦”与国家、民族这些“大义”之上，有一个最高仲裁是“天”。天超越国、族，所以公主要求四郎“对天表一番”。四郎若不回到她身边，便不仅是欺骗了敌国的公主，也不仅是负了一个真心的女人，而是“欺天”。因此四郎必须克服困难探母，这是尽孝，然后必须回到敌国，回到那个他对天发誓要回来的女人身边。

复杂的是非，因此四角俱全。

读同一首诗，不同年龄、不同经历、不同境遇读来不一样。同一个人、同一年龄，不同心情读来也不一样。——我这样对一位诗人说。

连晴天、阴天、雨天读，都不一样。——这位诗人说。

难怪我是读诗的人，而他是诗人。

邵燕祥先生赠他的“打油诗”集给我，邮件里说“俗诗请雅正”。当句对，对得工。忍俊不禁。先生真妙人也。

都说“老话说得好”。老话常常是对的，人的一生总逃不开“老话”给你埋下的轨道。

如果你年轻时不甘平庸，敢作敢当，老话叫“人不轻狂枉少年”。等你折腾不动了，或者觉得错了，对常规就范了，又早有一句老话等着你了：“浪子回头金不换。”你血气方刚还能抗争，老话叫“大丈夫宁折不弯”，你生性懦弱贪生怕死或者世事洞明明哲保身了，又有一句老话安慰你“大丈夫能屈能伸”。

老话当然说得好，是因为，在人性的层面，日头下真的没有新鲜事。

格蕾丝·凯利，莫妮卡·贝鲁奇，美得很深刻。

极致的美不但令人无法久视，而且有瞬间穿透的能力，可以令人窒息。

美可以杀人。

但奥黛丽·赫本的美，不杀人，却可以照亮人，甚至起死回生。如果要说有一个人的眸光和笑容可以照亮全世界，那就是她，只有她。

蒋碧薇的自传让我感慨，一本是《我与悲鸿》，一本是《我与道藩》。

女人不该一生只有爱情，即使遇到的不是等闲之辈，而是名士才俊，最后回忆一生，也只落下“我与某某”，惟独不是她自己的传奇。而那个被爱恨交加的“某某”除了这个女人，都有别的成就和声名，他的灵魂也有自己的轨迹与归宿。

徐悲鸿或者张道藩若写传记，会是《我与碧薇》吗？怎么可能？！世人也绝不会把他或他看作是“蒋碧薇的男人”。

蒋碧薇若在《红楼梦》里，也是凤姐、探春一流人物。少女时违父母离家乡，少妇时弃儿女休丈夫，何等叛逆何等决绝，这是何等能量？以这个能量，做什么做不成？但终其一生，只有男人，而且一个是留得住人留不住心的，一个是终究不能给她一个归宿的。

职业妇女在中国出现的时间短，中国的职业妇女异常辛苦而且前路漫漫，但比起蒋碧薇们还是自由一些了。今天，如果还有蒋碧薇那样能量的女子，写的自传就不会再是《我与悲鸿》《我与道藩》，而会是《蒋碧薇自传》了。

蒋碧薇是有性情、有风格的女子。可惜她是男人生命中的插曲，而男人带来的爱恨悲欢却是她一生的主旋律。

曾经觉得：女子就该以爱为主业。后来渐渐发觉：一辈子，以爱为主业，似乎不是出色女性的好选择。纵使倾城，也是被“城”的废墟掩埋的一生。

“马航事件”让人看到世界何等无逻辑，生活、人生、人世间的真相，都何等不讲道理。

小说家在笔下总是讲道理或试图讲道理、保持逻辑的，所以小说家即使冷血，也极少忍心到无逻辑、纯荒谬的地步。

与生活相比，作家都是不忍的。

张岱在《彭天锡串戏》中这段话很有意思：

余尝见一出好戏，恨不得法锦包裹，传之不朽；尝比之天上一夜好月，与得火候一杯好茶，只可供一刻受用，其实珍惜之不尽也。桓子野见山水佳处，辄呼“奈何！奈何！”。真有无可奈何者，口说不出。

日本有“物哀”的民族意识，见物而生悲哀之情。

二者肯定不同，但是否有相通之处？

一位篆刻家约小聚，在大光明附近的一家日本料理。请了几位报人，我叨陪末座。

面对篆刻家，又全然不懂篆刻，于是示以席间一位报人给我刻的一枚闲章，篆刻家看了以后，对这位报人大声说："你也给我刻一个啊！我对你这么好，你也不给我刻。"

谁说目中无人的艺术家不擅赞美。

孙君辉擅治印而畏作文，屡屡鼓动而无果，一天他来报社，我沏了大红袍请他，听他说找各种石头（印石）的难处和道理，给他出了一个大题目：觅石记。

这样一来，有许多话说，他很高兴。但终究也没有写来。

马年春节，丁帆先生在微信中见我转发的孙君辉的"新春大吉"印文而喜之，转告孙氏，可惜那方印石已被他几面练刀都刻满了，不能转送。于是到朵云轩挑了一方小的寿山石，请孙君辉治丁先生名章，用于丁先生朋友书札。

孙君辉夸石头好，丁先生夸印刻得好，连过两关，沾沾自喜。

在苏州，第二次见到画家夏回，发现他是个有意思的人。其实他话少，但是他一直在听，而且是专心地听。荆歌或陶文瑜说笑话，他立时就笑了，而且笑得很开，像个孩子。

一顿饭，他其实也说不了几句，但就是觉得他谈吐有致。

（后来读到陈继儒《小窗幽记》中“善默即是能语”一语，原来前人早就这么看了，而且总结得这么好。又一次与古人会心，哈哈。）

某作家这样说一个他看不起的人：“他这种人，现在有谁理他？”顿了一下，又说：“除了沈嘉禄。他这个人，和谁都能来往的。”

沈嘉禄是我认识多年的，但不知道其为人如此，他的涵养竟成了一种尺度。

读简媜在失去父亲时哭喊：“用我的命去换！”潸然

泪下。

真是痴到呆傻。真能换，换了你死去，他留下，还是一阴一阳不能相聚，不能相守。

分离时只好分离。一命换一命，也无法多聚一刻。

“爱到不能爱，聚到终须散”，多年前听这句歌，便哭过了。因为知道无论什么感情和什么缘分，都被说尽了。

说到个人的计划，我说：“一向无用，一辈子又过得这样快，索性就废物到底了。”

“这是呆话。但呆话才好玩。”何立伟说。

这是在杭州。

古代没有专业的书法家，只有文人，如今有专业的书法家，却常常没有文化。湘人何立伟说：每次在书法展上看见满墙的“宁静致远”“厚德载物”，便有暴力犯罪的冲动。

众皆大笑。

叶兆言临麻姑碑，颇有法度而不自信，自称“笨人笨字”。他早睡早起，自称“民工作息”。叶氏恶开会，接电话通知不问情由就连连说：“我有事，真有事……”明明对着电话，大约表情也非常惶恐无辜。

有趣。

沈从文、孙犁这样的人，是时代对不起他们。

时代对不起他们，心疼的是后人。但时代偏偏常挑这样的人来辜负和欺负。

不记得第几次看《康熙王朝》，再次听到那个书生伍次友说：“天地多少有情事，世间满眼无奈人。”再次长叹！

如同当初听到那句歌：“爱到不能爱，聚到终须散。”

一下子就知道，说得好。一下子就明白：真理。

有些好，不需要解释。

如同收藏界所谓的“大开门”，即一眼就确认是真正的好东西。“大开门”的反义词是“一眼假”。

读《巨流河》，有三得：

齐邦媛用这本书，为父亲立了这么一块巨大的碑，为心爱者也立了一块巨大的碑，一生足矣。三个人的一生。

厌政治而远之，彼岸大有人在，如齐邦媛。她的父亲的经历启示她：举生命、自由、一生为政治所用，虽有不荒唐的，但实在冒险。

如果有机会，我还是当一个教师吧。当老师，有可能创造恒定价值。至少不作孽。为官、从军、经商都不能保证。只是这些年，大陆的现状几乎让人忘记了：教师这个职业，本来多么美。

当写作的内在迫切性不足的时候，可以不写。当内在迫切性强到不得不写的时候，往往是好作品。

在艺术创作上，新不一定是好的，旧的也不一定好。好的才是好的。

某老作家的妻子出身名门，生性恬淡而眼光很高，写得一手好文章而很少动笔，她这样评价写作热情过于高涨、写作速度神速的丈夫的写作："他那是随地大小便。"

某君看了某文化大名人的百岁访谈后说：活了一百岁，还不能脱俗。

看电影《模仿游戏》。

最大的感慨是，天才之间的相知相惜。那个原来讨厌图灵，而且被他取代了课题组组长位置的密码专家，在图灵要被赶走的时候，站出来说："如果你要解雇他，也解雇我。"如果这一幕发生在中国，几乎用膝盖都可以猜到会发生什么。还有那个"被抛弃"的未婚妻，来看望被化学阉割而万念俱灰的图灵，告诉他，有的城市因为他而存在，"普通人做不到这些，普通人，不，我情愿你不是"。比爱情更稀有的相知啊！

所谓两座高峰之间的距离最近，是的，只有天才能理解天才。不在一个境界里，欣赏与攻击一样虚无。爱无从谈起，只有恨和嫌恶像苔藓般到处生长，长满彼此间的距离。

听到别人称一个写作很多年的人为"老作家"，心想：也不算全错，至少"老"是真的。

对一个写得差但颇有名的“老作家”的猜疑：他到底是假装自我感觉那么好，认定大家不敢或者不好意思喝破呢？还是真的入戏太深，真的自觉不凡，必须到处赐稿以拯救一众文学编辑和久旱盼甘霖的读者？

交情不够，即使见面也只能眼睁睁错过问他的机会。

前者是心理诈骗，后者是愚蠢中存一点善良，但愚蠢到这个程度，比狡诈更令人绝望。

据说研究《西游记》的人也不知道唐僧的紧箍咒到底念的是什么。心下一阵黯然。谁又知道呢？

我们都是经常满地打滚的悟空，却永远不曾听清那咕噜咕噜的紧箍咒。

深夜独自读书，如入密室与人相见。相隔千年的古人，相隔万里的外国人。

有时，更像是进入一条秘道，进入另一个时空，见的，不止一个人。

有时候，看着书橱，会觉得很多个全新的世界在书里等着我，而我真是分身乏术。

读到一篇文章，陈丹青写的，说鲁迅其实是个好玩的人，而非过去“世面上”塑造的凶相、苦相。其中写到他不厌其烦地与人讨论怎样将信笺印得“精致透顶”，当陈丹青在鲁迅博物馆看到那些精致透顶的笺谱，想到那正是柔石与瞿秋白被害的三十年代初，“这精致与闲心，不也是那黑暗时代的注脚吗”。这个联想出人意表，细想却又入情入理，因而印象深刻。

有思想的人一片闲心地追求精致，往往说明时代黑暗。

阴差阳错地看了《终结者：创世纪》，重金属级的吵闹。

有的影片被吐槽毁三观，这片子只毁一观：时空观。

看一些关于“西安事变”的揭秘文章，有惊恐之感：难道“必然”的历史就是这样由“偶然”这辆飞车冲碾出的车辙吗？

年纪大了，泪点似乎更低。

听安德烈·里欧乐队版的《秋叶》，小提琴如泣如诉，像在怀想，在依依不舍，又不得不黯然松手，不得不飘然离去。泪水涔涔而下。

看法国电影《贝利叶一家》，看到女儿要离开父母，去巴黎学声乐，不顾儿子在一旁惊讶的眼神，泪水涔涔而下。

我还是那么受不了“离别”，哪怕是发生在别人身上的，甚至发生在树和树叶之间的。

作为编辑，说句不该说的话

作为读者和编辑，看许多文章，觉得越来越多的文章教人完全不明白为什么要写，文字拘束而意思含混，见识和感情皆缺，形不散神散。

形散神也散，倒不一定坏。若有充足的元气，可能自有一股子潇洒；或者纯稚童心未泯，可能是天真可喜。

有个人给我发稿子过来，永远是连发四遍，有一次发完立即修订，又是四遍，我打开邮箱，看到黑压压的一片，全是同一个人的同一篇稿子。

他写得好吗？这个嘛，唉，他是老前辈，他身体又不好，他需要保持发表来娱乐晚年。

没有人知道，我会站在32楼的窗前，对着云天喃喃道："说句编辑不该说的话，这种人，怎么这么要发表呢？"

最痛心的是：高手，倒常常宣布一段时间不写，甚至突然就封笔，丢下编辑和读者，我们长年将心托明月，一转眼也没有遣散费就被打发了。

编辑经常很想对某人说："你完全不适合写作，速速改行或者放弃，以免船到江心后悔莫及误人误己。"

有时又很想说："您老人家别写了，这些陈芝麻烂谷子，您老人家亲自倒腾很多遍了，安心养养身体，喝喝茶，散散步，多好？"

但是一次都不曾说出口。这个行业的这项心理磨损比较隐秘。

编辑最怕这种作者——为什么退我的稿？前天你们发表的那个某某某，我自己觉得写得比他好多了。

那个某某某，人家在江湖上出名的时候，您老人家还不认字呢。他只要偶一露面证明他还活着，便有人要看，可是您老人家呢？另一个某某某，人家和报社有业务往来，稿子是总编辑拿过来的，我们发之惟恐不及。

人和人怎么比？到了编辑面前，突然要求众生平等，叫我们怎么立地成佛呢？

最最关键的一条：连这点子人情世故都不懂得，文章怎么写得好？

很多人写文章来，永远不肯在标题和正文之间好好写上自己的名字。

写文章写老了的，可能是觉得：你还不知道我是谁吗？或者觉得名气太大，一旦写出了大名，会把编辑吓得不轻，整篇文章都掉到地上。

也有新手，说是不够自信，觉得不一定能发表，就是给你随便看看，写上名字，有点自我感觉太好，或者像学生作文。

可是，谁知道我们每天面对多少稿子，一旦送进稿库，第一要务就是分清每一篇作品的主人都是谁。张冠李戴一次，哪一位——不，哪两位作者受得了，不来叫骂？难道，由编辑代为清清楚楚地写上他（她）的名字，也是一种待遇，既然来稿，不享用一下，就于心不甘？

编辑这个工作绝对是需要感情的，但是感情法则和理想的爱情正相反。绝对不能专一，找到最好的之后也不行。编辑必须在不同阶段，与多名作者“恋爱”，与一批人“心心相印”的同时又随时准备“移情别恋”。

“爱博而心劳”，所以好编辑都累得半死。

******

出去散步，突然闻到馥郁的桂花香。

辛弃疾词曰：“怕是秋天风露，染教世界都香”，桂花的香原是叫人如此喜悦的，可是今天不知怎么的，有点伤感起来。

走了几圈之后，明白为什么了。有什么盼望的事情，像桂花的香一样突如其来地降临，这样的好事，在我的生活里，已经没有，甚至再也不会有了。

会突然而至的，只有会议通知和推销广告。连生日，收到的意料之外的祝贺，也只是来自银行的信用卡中心。于是，今年秋天的第一阵桂花香之中，我长叹了一口气。

阿历克西耶维奇获诺贝尔文学奖。黄晓明和Angla-baby结婚。这是昨天的两大新闻。许多人在讨论那位白俄罗斯女作家该不该得奖和为什么得奖，另外的许多人在议论黄晓明这一对新人的高颜值和好人缘。可是我都有些漠然，人家该不该得奖，是评委的事情，人家一嫁一娶，是否般配，婚礼是否梦幻，也是他们自己——至多加上他们的家人——的事情。

倒是青岛的“大虾宰客”，让我无法漠然。看了一个署名“雾满拦江”的人写的《38元一只的青岛虾，事件背后的秘密》，说“所谓道德，不过是产权的经济属性”。还说“要想让这个国度的人，获得安全感与幸福感，终止互相伤害的模式，就必须梳理对冲的产权”。……有点失眠。这是关系到每一个中国人的事情，而且目前还看不到解决的曙光。

我经常犯男人犯的错误：倾向于相信女性，尤其是脸蛋像苹果一样红润、皮肤像新鲜樱桃一样紧绷的少女和珍珠一样散发微微而迷人光泽的女郎。

听到人家说有一家时髦的媒体，里面的老板（总编辑）喜欢女下属系围巾，认为系围巾显得“气质好”，而老板娘（总编辑之妻）认为女人以各种花样系围巾便是居心叵测。

老板娘有时会突然出现。那些女记者、女编辑，大约只好将围巾一会儿手脚敏捷地系上去，一会儿不露痕迹地扯下来？

可怜的围巾。

2015年的11月，上海入冬迟，阴雨不断，是那种湿气直往骨头缝里渗的感觉，加上想打开一篇文章却看到一个红色惊叹号或者“访问无效”的憋闷。

有一天晚上，小雨中在外面散步，突然起了大风。想起了泰戈尔写过：“阴雨的黄昏，风无休止地吹着。我看着摇曳的树枝，想念万物的伟大。”万物的伟大，衬托之下，人类中的许多个体是多么渺小，因为永远的自私贪婪、为所欲为，而显得猥琐而肮脏。

常常疑心人类早晚会被万物抛弃。

泰戈尔在《飞鸟集》里写：

> 瀑布歌唱道："虽然渴者只要少许的水便够了，我却很快活地给予了我全部的水。"

这是多么难以企及的爱。不是难在给予了全部，而是难在，能在这样的付出之中感到快乐，"很快活"。

付出全部，不求回报，而且因此而快乐。人类有可能学会这种爱的方式吗？那是绝对的痴，但也许绝对的幸福也在其中，并且只在其中？

不懂这一点，也许就是我们算计、盼望、追求，但就是得不到绝对的幸福的原因？

睡前这段时间非常宁静自在，但是有限，因此非常宝贵。某一天突然发现，这有点像老年。

临睡前，在一盏台灯的光圈中，蜷在被子里，看一本书，宁静、满足，带着倦意。这本书，一定不会是对白天有用的，一般都是没有用，但却是谋生以外的你真心喜欢的，可以让你松弛或者给你带来暖意的。临睡前的阅读，是一场缓和的对抗：发现的愉悦和入睡的需要相生相克。万籁俱寂，松弛了的脑子，一方面拖着整个人向睡眠下沉，一方面却像平静的湖面，特别清晰，鼓励人继续思考。

读着读着，会有触动，有时有点伤感，有时是对一件事恍然大悟，但是却没有人可以说。家人已经睡了，朋友们，不能在这个时间打扰人家。于是，许多感触和领悟，在那样安静的时刻，像无声的流星，从漆黑的地方出现，寂寂划过一片黑夜，向黑暗的深处坠落了。

人到垂垂老矣，那时候的思考，应该和睡前读书的情状相仿佛。经历过足够的辛苦劳作，可以安心休息了，满满的倦意带来大的宁静。周遭开始安静，越来越安静。不是不寂寞，但是寂寞中酝酿着无声的丰盛。

经验已经是陈年的佳酿，而跳出功利和欲望的彀中，性灵完全苏醒。这时候的反思和发现特别深刻，和渐渐衰竭的体力成反比。

老年的思考特别清晰而灵光闪烁，却常常乏力表达或无人倾听，最终不论是无奈还是释然，那些思考的大部分都纷纷沉入无边无际的遗忘之海的万顷波涛之中。

也有到了耄耋之年依然用写作来清晰记录自己的思考的，那样的情景，也许就像我们自己，在某一天朦胧将睡的甜蜜的疲惫之中，突然抵抗着睡意，挣扎着欠身起来，在纸上记下一两句要紧的话那样。这样的写作与白天的完全不一样，也最值得尊重和珍惜。

最近看了一篇文章，解析冒辟疆对董小宛，破解了我心头的一个谜团。

起初以为冒辟疆和董小宛是神仙眷侣，后来发现董小宛非常谦恭，不但卑微，而且操劳辛苦，战战兢兢，完全不是想象中的那么回事，最不能忍受的是城将破时，冒辟疆居然想带着父母和妻儿逃走，而舍弃董小宛。那样美貌而娇柔的女人，他打算将她留在乱兵涌入的城中，无疑就是将她推进屈辱和死亡的深渊。而董小宛居然不但服从，而且表示理解。这样说来不但不是神仙眷侣，董小宛这个妾的地位都十分不稳，十分可悲。

那么冒辟疆到底爱不爱董小宛？如果不爱，那么董小宛的选择与坚持就有点盲目和可笑，而且，如果不爱，冒辟疆为什么要将这一切写下来？将董小宛的谦卑辛苦记录下来，将他自己的无情忍心揭发出来的人，是冒辟疆自己呀。在他笔下，小宛那么完美，而小宛的待遇那么可怜，他似乎只顾着赞美董小宛，但对她的牺牲坦然受之。或者说，他完成了自我揭发之后没有愧疚和忏悔。实在不能理解他想说什么。

读了这篇文章，明白了。冒辟疆对董小宛是有真心的，但是囿于当时主流的人伦纲常和读书人的体统，必须将她置于那样平时低下、危急时不顾的处境，只有那样，他才是合乎体统的。他只是想在大体上正确的前提下，保留这一点无碍大局的私情。但是，心里的感情是另一回事，这也就是他会对小宛的一切念念不忘，诉诸笔端，甚至无意中自我揭发的原因。

他认为天经地义的，现在看，竟是错的，不符合人性的。是啊，时代局限。可是，说这句话很容易，那么我们今天所坚持的呢？那些看似不容置疑的伦理规范、那些必须坚持的处世原则？会不会也很快成了后人难以理解的“时代局限”呢？

看昆曲《唐明皇》，想：作为一个男人，唐玄宗之于杨玉环当然是辜负了的。连剧作者都替他事后这样后悔道：是寡人全无主张，不合呵？将他轻放……我当时若将身去抵搪，未必他直犯君王。唉，（一顿足一甩须髯）纵然犯了又何妨，泉台上倒博得永成双。

作为那样情深一往、山盟海誓的一对，当然要拼死保护自己心爱的人，保不住，那就死在一起。皇帝的那一顿足实在顿得太晚了，可见决断和勇气都太不够。

爱是爱的，作为皇帝，他相对专一已经是证明。但是作为男人，要将真爱坚持到底，需要牺牲时，他没有那个勇气和能量。不是没有理由原谅他，他老了，血气已虚亏，心气也已不盛，难以聚集起勇气和魄力。

这一点，西方的骑士精神真是光明和硬朗：为了心上人可以做一切，赢得天下也是为了赢得佳人欢心。关键时刻宁可牺牲自己也要保护爱人，否则就一起死。

毕竟对有的男人来说，同时失去爱情和荣誉，是不能活的。

突然想，《三国》里的吕布可能是中国少有的骑士，可惜生错了时代和国度，被人当作好色而头脑简单。吕布其实非常英俊，武艺过人，大多数时候也光明正大，他的雄性荷尔蒙固然旺盛，但是审美眼光很不错——他并没有动不动看上一个什么女人，他看上的是貂蝉，而且是貂蝉主动撩拨他。貂蝉那个级别的美人儿主动，我不知道世界上有没有男人可以抵御？

马英九曾经说过：美女坐怀，我是一定会乱的，所以为了对家庭和选民负责，我一定不让美女坐怀。他说的是实话，聪明人的大实话。

回头说吕布，吕布其实没有错，他只是落入了一个陷阱，绝大多数男人都很难逃脱的陷阱，但这次是为他度身定做的。他只是天真，信错了人。他以为遇到一朵稀世的玫瑰，不知道美貌如斯也可以是冷酷的卧底。曹操是“宁可我负天下人，不可天下人负我”，吕布是以为天下人不会负他，恰恰被天下人都负了的。

苏东坡说：“渊明欲仕则仕，不以求之为嫌；欲隐则隐，不以去之为高……古今贤之，贵其真也。”

素喜东坡，但以前没有读过这几句，觉得有道理，心头有阴翳四散之感。将以之理解同一个人在人生不同阶段的选择，或者读解朋友们的不同人生选择。

《离骚》里有“退将复修吾初服”。初服，原来穿的衣服。

现在常说“初心”。初心，初服，都是美的，因为干净。

可惜，初心也很可能和初服一样旧了，不合适了。不知道在哪里看到一个比喻，好像是在微信公众号里出现的：看见曾经喜欢过的人，好像看见曾经很喜欢的衣服，但已经穿不下了。

初服，不是想穿就能穿回来的。但是可以保留着，一直保留着。惟有那执行不下去又舍弃不了的初心，实在让人为难，有时候夜半醒来，会觉得它化作了一柄小而钝的刀，在心上反反复复地割。

同时有两本好书要看，心情一下子好起来，每天下班回家，都觉得有盼头，好像有个不世出的奇人、一个谈笑风生的妙人在等着你去聊天。又好像一直清贫着，突然富有了，而且比曾经希望的还要富有。恰当的时候遇到好书，也是良缘，也足以让人对上苍生出感激之心。

现在许多人日子过得很干枯——就像整天面对电脑的人容易患干眼症那样，整天筹划生计、忙于仕途经济，缺乏感动久了，心就会干枯。这时候可以去看一出戏，听一场音乐会，不愿意出门，也可以在家找诗来读。

找什么来读？这要看机缘。常常是，东找找，不对；西看看，看不进去。直到找到某一个诗人的某一本诗集，甚至同一本诗集的某一个版本，翻到哪一页，比如，“只要想起一生中后悔的事，梅花便落下来”。你停住了，一阵微风掠过，天光突然倾泻于头顶，沉寂的音乐奏起，旋律渐渐清晰——你觉得就对了，我找的就是这个。于是读下去。

读完，心灵干渴的大地，经历了一场痛痛快快的甘雨，现在，万物复苏，微风拂面。

对于干枯的心灵，诗真的是有疗救的效果。

亦舒有一部小说叫《我的前半生》，里面写了一个单纯美貌的女子，她大学毕业就嫁人了，嫁了个医生，她锦衣玉食，无所用心。后来她丈夫爱上别人，跟她离了婚。离婚之后，她的灵魂苏醒，才开始真正面对自己的人生。

突然有一天她拿到很破旧的《红楼梦》，她以前绝对不会碰的。她信手翻看，看到里面一句“半生潦倒，一事无成”。她突然想，这不是说我吗？然后她就拿起《红楼梦》看了，她看了进去，她说原来这是一本失意潦倒的人才能看的书。

亦舒在这里说出了一个秘密。这个女人以前肯定有无数的机会接触《红楼梦》，但是她锦衣玉食，春风得意，她真的没有伤心失意过，所以她读不进《红楼梦》，那就是说她跟《红楼梦》的缘分没有到。结果到有一天，她潦倒了，失意了，茫然了，这个时候她翻《红楼梦》，她看到这一句，会读进去，她看到葬花也会读进去，看到凤姐协理宁国府也会读进去，看到随便哪一句她都会读进去，因为这个时候她和它的缘分到了。《红楼梦》对她就是虚掩的门，随便推这个门的哪个部分，这个门都会开的。

人和人的缘分到了，就会相见恨晚，就会一见如故；而人和书，缘分到了，就会突然互相吸引互相接纳，这时候，翻哪一页都能读进去。

年轻的时候，大概很少人喜欢杜甫吧。我年轻的时候根本不喜欢，老夫子，忠君爱国，忧国忧民，生活艰难，忧心忡忡，他笔下的一切比日常生活更不好玩。虽然我是中文系毕业，按课程规定和父亲的指导——父亲特别喜欢杜甫——读了不少的杜甫，但是我就是不喜欢，我觉得这个人是我希望的生活的一个反面，他既不风流倜傥，他也不异想天开，他没有什么飞扬情怀，很愁闷，很悲苦。我读书就够苦了，读了诗更苦，苦不堪言，我不读。除了把标准答案抄在卷子上，拿到我的分数，我跟杜甫一点缘分都没有，我就把他扔在一边。

到了大概三十多岁，经历的事情多了，渐渐知道人生的分量，这个时候无意中读到杜甫一首诗，是《赠卫八处士》，老杜写给的这个人姓卫，排行老八，是个普通百姓，没有做官，所以叫卫八处士，这个无名的唐代人，因为杜甫这首诗，而青史留“姓”了。经历了战乱，杜甫跟这个卫八相见，他们二十年没见面了，无限感慨，写了这首诗。大意说，我跟你这么多年没见，根本没有想到再见，现在突然相见。往昔分别的时候你都还没结婚呢，现在儿女成行了。这家的小孩都很懂事，跑来招待爸爸的朋友，招待得高高兴兴，而且，“夜雨剪春韭，新炊间黄粱”——招待客人的食物是什么？趁着夜雨剪下来春天的韭菜，新煮出来的二米饭。就拿这样的东西招待客人，非常简单，但是非常可口，充满人情美。（从此我一直爱吃春天的韭菜，每年春天看到新出的韭菜会激动，因为这是杜甫赞美过的。）

然后，两个人讲起老朋友，一半已经不在了，“访旧半为鬼”“惊呼热中肠”，两个人不由得失声惊呼，心里感到很悲伤很痛苦。诸如此类，全部是家常话，就是我们老朋友见面会说的。接下来是相对痛饮，都不用劝的，就一杯接一杯地喝。喝的是故人的情谊，所以千杯不醉。可惜我们明天要分别了，从此一别，又要音讯渺茫，不知道什么时候才能再见面。

就在三十多岁的那一天，当时是一个黄昏，读完这首诗，我独自流下了眼泪，我甚至没有觉得我辛酸，我感动，眼泪就哗地流下来了，很热。奇怪，我从未为李白流过眼泪，却在开始中年的时候，在一个黄昏，为杜甫流下了眼泪。

杜甫的诗埋伏在中年等我，当我踏入中年，突然，心会。那悠然心会的一瞬间，何等的美妙。

荆歌的小字非常秀丽，他觉得很配周作人，他本人很喜欢周作人。如果请他随意写一幅送朋友的话，一定是周作人的“且到寒斋吃苦茶”。我给他写了一封信，说，不要写你心爱的周作人了，给我录一次老杜的《赠卫八处士》。

荆歌录完这首诗，也很感慨，写了一个小跋，说此诗“有人生易老、岁月匆匆之感”。

读好的古诗，是身为中国人极大的幸福。因为中文实在太难了，而翻译中文古诗，要表达意思尚且顾此失彼，对那些双关、互文、典故、顶针、映带就几乎束手无策，弦上的音尚且如此，就不要指望传递“情致”和“风调”这些弦外之音了。

程庸是一位诗人，也是文物鉴定家，他说过一句话对我触动很大。他说现在很多事情，我真的是不放在心上，拿起一个古玩，看一看，想到它几百年上千年，它那么美好，你会觉得身边许多事情都那么短暂，都是无所谓的。

鉴赏和收藏是收藏家的帘子，他们放下那道帘子可以立地飞升、思接千古，一般人自然不易做到，但也可以试试“饮茶”和“读书”，这是比较方便的两道帘子，谁都可以放下来试试。

透过帘子反过来看看当下的日常生活，也许会有一些以前没有的感觉。透过帘子，看景色的感觉是不一样的。竹帘有竹帘的味道，布帘有布帘的味道，它们那种半遮半隔，但是又透过来一些，会给人一种若即若离的，好像很空明，别有趣味，对非审美的日常轮廓都会有一种柔化作用。

如果幸运的话，透过饮茶读书这两道帘子再看日常生活，有时候会有这种感觉。

若论中国古代诗和西方现代诗，就我个人口味来讲，我倾向于古典诗歌一些，但是现代诗，我觉得它具备另一种美另一种力量，辛波斯卡我也喜欢，这两种力量和美不能互相代替。这就像喝茶和喝咖啡一样，玉与水晶一样，你如何决高下？喝咖啡的人怎么也离不开咖啡，喝茶的人怎么也舍弃不了茶。

最好的办法就是各行其是，各自得到不同的滋养。每个人的文化储备和共鸣系统不一样，有的人的共鸣系统是为中国古典诗词准备的，有的人是为了西方的现代诗准备的。

差别是共鸣系统决定的，没有高下，只有区别。口之于味，并不“有同嗜焉”。

是否残缺和伤痛带来文艺创作冲动和灵感？应该是的，这是动力之一，还有别的动力，但残缺伤痛肯定是其中之一，人都有残缺和伤痛，其中的一些人希望通过作品自我修复或者自我抚慰。

但一种动力并不排斥其他动力，一个作家身上就可能有几种动力并存。

读到一句诗：春在枝头已十分。

正好在斟茶，斟好一看，分明是：春在杯中已十分。

秋天以来，心里生出了实实在在的退意。不知道是年龄的缘故，还是此时的氛围，无边落木萧萧下，说的是：可缓缓退矣，可缓缓退矣。

想起几年前，请一位书画家为我写了王维的一首《酌酒与裴迪》：

> 酌酒与君君自宽，人情翻覆似波澜。
>
> 白首相知犹按剑，朱门先达笑弹冠。
>
> 草色全经细雨湿，花枝欲动春风寒。
>
> 世事浮云何足问，不如高卧且加餐。

现在看，字端的是清劲奇绝，选这首诗的心境，却不安静也不超脱。王维的这首诗，一向不那么为人称道，也许是因为他的虚静、超然的形象太深入人心，以至于有意无意忽略这样的一个人，到了晚年，依然会有这样的激愤之情和内心波澜。

连王维都不能解脱。因为他是人，而且是诗人。

草色，不论是枯是荣，花枝，不论是碧桃还是李花，一到中年，就觉得都看够了。城中桃李愁风雨，我已经满心向往溪头的荠菜花。

那条清溪在何处？

纳兰容若比贾宝玉强的地方，在于他有担当。

帮助顾贞观解救吴汉槎，纯属不可能，纯属自找麻烦，纯属没有回报，但是他答应了，不但答应了，而且真的当成了自己的事，尽力了，而且——成功了。就凭这份担当，纳兰容若就是个好男子。

担当，里面有无私的热情，有利他的责任感，有"舍我其谁"的魄力，有"言出必行"的毅力。男性，如果真该获得"第一性"的尊敬，那便在于这一点。

而宝玉是个奇男子，妙人儿，却难说是个好男子。一个男人，若一生不曾解救过一个需要解救的人，不曾让一个自己珍惜的人幸福，实在很难当得起一个"好"字。

魏晋风度里，注重姿容、谈吐和神韵。一直为后世渐渐失却了这种审美标准而遗憾。尤其是，很少再谈论男子的美与不美，谈吐是否不俗，姿态是否优雅，风度是否出众。

这几年似乎又重视起男子的姿容。"颜值"与"小鲜肉”成为大行于世的流行词汇。如此俗不可耐，而且和魏晋风度毫不相干。

魏晋时谈姿容，是文人的一种自觉，相对于庙堂政治和庸俗市井的一种标准，是审美和人格的双重自觉，双重确立。而今天谈论“小鲜肉”，却是把男子的美貌，当成消费的一种对象（虽然以代言费、出场费论，是极昂贵的消费），说得直接一点，就是把人当成了物。

魏晋风度是把人特别当人，在对一个个生命个体深入地进行审美观照；现在这样，却是缺乏个性，快速消费，把人不当人。

当然，被当成“小鲜肉”的明星们大多不会在乎，而大多会在这种疯狂的消费中捞取、获得足够的报偿，然后全身而退，在中年时娶一个年轻貌美的女明星或者各项指标接近芭比娃娃的年轻模特儿（也有一个可怕的物化名称叫作“嫩模”）。

当然，在男性的美被异化成“男色”之前，女性的美早就被物化了几千年。

翻看一本散文选集，看到一个人的散文标题，竟是几十年不变的毫无个性，俗不可耐。长叹了一口气，想：一个人在同一个地方久了容易闭塞，大概扮同一个角色、持同一个心态久了，更会显出一副蠢相。

《长物志》以前随手翻过，现在再看，才看出好来，也才看清楚了作者：文震亨，竟是“明四家”文徵明的曾孙。因为到苏州博物馆看过文徵明的书画展，心里便对文震亨也亲近了几分。

且看他是如何人物。文震亨（1585 – 1645），字启美，江苏苏州人，生于明万历十三年，明天启六年选为贡生。曾参与五人事件，营救被魏忠贤迫害的周顺昌。崇祯年间为中书舍人，武英殿给事。曾任职于南明。

文震亨家富藏书，诗文书画俱闻名于当时，善园林设计，著有《长物志》十二卷，为传世之作。并著有《香草诗选》《仪老园记》《金门录》《文生小草》等。其山水画师法宋元诸家，韵格兼胜；其小楷清劲挺秀，刚健质朴，一如其人，既有其曾祖父所开之家风，又吸收了欧体的某些笔法与结体。

且看他如何结局。弘光元年（清顺治二年，1645 年），清军攻占苏州后，避居阳澄湖。清军推行剃发令，他自投于河，被家人救起，忧愤绝食六日而亡，终年六十一岁。

“文震亨生于名门，聪颖过人，自幼得以广读博览，诗文书画均得家传。其人‘长身玉立，善自标置。所主必窗明几净、扫地焚香’以琴、书名达禁中，‘交游赠处，倾动一时’。……(《长物志》) 表面上，这是对晚明文人清居生活方式的完整总结，反映晚明士大夫的审美趣味，然而对文震亨而言，更重要的是寄托他‘眠云梦月’‘长日清谈，寒宵大坐’的幽人名士理想，不食人间烟火。”(海军、田君注释，山东画报出版社2004年5月版《长物志图说》卷前《格心与成物：晚明景象的广义综合》)

文震亨这个人，在我面前立了起来，长身玉立，神情淡漠下掩着凄然。一身才艺，惟美洁净，孤标傲世，拒绝污浊，绝不妥协。这样的人，在时代的大动荡中怎么活啊？所以他果然活不下去了。说殉国当然可以，但其实，不如说是一个嗜美如命的人殉那些精致、隽秀、美妙的事物，一个不洁净就不能活的人殉他洁净讲究的风雅和被毁了的理想生活。

心痛了。这样的一个人，完全应该和他的曾祖父一样，尽其才，得大名，享高寿，可是仅仅因为生在那个年头，就落得了这样的结局。什么都没有做错，却落得了这样的结局。

这样的一个人，这样的一个结局。

张岱也是生在那个遭遇巨变的时代，张岱“学节义不成”，因此没有死。这位“好精舍，好美婢，好娈童，好鲜衣，好美食，好骏马，好华灯，好烟火，好梨园，好鼓吹，好古董，好花鸟，兼以茶淫橘虐，书蠹诗魔"的世家子，"年至五十，国破家亡，避迹山居，所存者破床碎几，折鼎病琴，与残书数帙，缺砚一方而已。布衣蔬食，常至断炊"。"国破家亡，无所归止，披发入山，駴駴为野人。故旧见之，如毒药猛兽，愕窒不敢与接。作自挽诗，每欲引决"。

谢谢张岱的"软弱"，这位妙人终于勉强活了下来，又在万念俱灰之中出于一段痴情，记下了他的繁华旧梦，令后人每读之都口角噙香、心驰神往。

除了个性的差别，我无端猜测张岱的长相大概不如文震亨。家世、富贵、相貌、才情，文震亨样样俱全，这样的人，最好迟钝一点，混浊一点，年轻时混成一个声色犬马的混世魔王，老了硬充一个庸俗而满足的十全老人或者八全老人，也就罢了。他偏偏不肯，偏偏冰雪聪明，偏偏事事那么有原则，样样那么精细，如此极致，岂能久长。人世容得下，天也容不下。

张岱大概就是缺了一个好相貌，缺了这一角，有些方面可能也比文震亨略圆通随俗些，总算得以保全性命于乱世。保全是保全了，想到他后来那样的活法，也还是令人心痛。就像一个正在自己家吃喝得眉开眼笑的孩子，被一个粗蛮外人冲进来，一巴掌打碎了碗，害他跌坐在一地狼藉之中那样。

今天读《长物志》《陶庵梦忆》，多少赞叹都安慰不了他们，连我们买书的版税也并无一毛钱可以救济到他们。

酒一滴都滴不到刘伶坟上土，那么眼泪呢？异代同调、无限痛惜的眼泪和哭声呢？能不能穿透干冷硬化的时间，穿越到那时那刻，安慰一下文震亨和张岱那海沟一样深的绝望？那样多情善感的人，他们也许这样莫名地指望过？

那样慧敏的人，也许他们也这样坚信过：安慰和温暖会来的，哪怕隔了生死，隔了朝代。

“山才好处行还倦”，是辛弃疾的一句词。

很像是中年。不论是世事洞明人情练达，或者是看淡功名从容淡然，人生的各种积累都开始有了回报，人生的色彩和层次纷纷呈现，只有一件事伤心：开始老了。

经过了长长而乏味的爬坡，山景才到好看之处，但是爬不动了，不是山和你作对，也不是季节或天气和你作对，谁都没有不让你继续向上，向着风景更好的地方，只是，你自己感到了疲倦，你心里明白：你即使不老，也不年轻了。

老，就是从“倦”开始的。

不倦的人，就不老了吗？绝对不老，就成了神仙了，但一直兴兴头头的人，他们好像是不那么容易老。

杂文家吴非在一篇谈教育的文章里说：许多“特色”都是官僚体制政绩观作祟，是违背教育规律的瞎折腾、反教育。这一点其实许多人都知道，但是大家都在努力织补着这件皇帝的新衣，而且所有小孩子也都被学校和家长死死捂住了嘴，不会再童言无忌了。

但吴非说：也有一些校长敢于捍卫教育的尊严，“宁可反领导，不敢反常识”。

这是吴非作为杂文家运掌如风的一击。

内情人人心知肚明，可是夹在领导和常识之间，何去何从，考验的就不仅是智商，更是人品和胆魄了。

破例参加一个少儿文学的研讨会，思考了一点少儿文学。

一直反对把少儿文学单独放进一个小格子里，似乎他们就应该在善良天真的外衣下单一而幼稚，同时可以拥有缺乏思想的豁免权。

文学作品就是文学，应该说好与不好，而不是强调成人与少儿。

好的少儿作品，应该是成人和孩子都看，孩子和成人都喜欢，不论成人或孩子都值得反复读它，不同年龄段获得不同的滋养和启迪的。

比如《小王子》。比如安房直子的作品。中国没有这样的作品？有，至少我们有林海音的《城南旧事》。

其实，《城南旧事》里面有许多似乎少儿不宜的内容：小偷（犯法）、婚前性关系与私生子（按当时标准是伤风败俗）、萌芽状态的婚外情（小英子的父亲和兰姨，按现在标准依然有违道德），但是林海音都写了，因为生活本来就是这样，并不会为了少年儿童专门另外准备一个世界和一套生活，但是写得那么美，那么干净，那么充满人性的味道，那么令人难忘，那就是作家的本事了。

有本事的作家就是有本事。没有本事，绝不能拿“少儿”二字来支吾。

张晓风的《玉想》中写道，她让学生背苏东坡的“一年好景君须记”，有好几个学生偏偏背作“一年好景须君记”，张晓风觉得错也错得有趣，于是将“一年的好景致你可要记得啊”变成了“一年的好景致需要你来记住”。张晓风这样的教授，对学生的错误都生出这样的风雅之解，算是得古人之妙趣了，对学生热爱古典文学，也是极佳的示范。

古典诗词里的每个字，就像一方小积木，在格律的框里，改变顺序，就是改变拼接方案，有时会有完全不同的意思，或者虽然不大但是微妙的差异。这些地方，也是古诗词高于现代汉语的趣味。现代汉语，因为没有明确的框，所以随意改变顺序，往往只会弄散积木。

有一次在大样上看谈峥的一篇文章，引用王维的诗句“种松皆作老龙鳞”，作者一时疏忽，笔误作“种松皆老作龙鳞”了，我告诉了谈峥，然后改了。谈峥道谢，多年酷爱王维的我，这时情不自禁地答：“种松皆老作龙鳞”，亦佳。

但“皆作老龙鳞”又确实比“皆老作龙鳞”更苍劲有力。“老龙鳞”，“老的是龙”，自然比“老的是松”更有气势，也更神奇。

打开电视，无意中看到老电影《城南旧事》，小英子在黄包车上问父母：“那过去的事情呢？”

小英子的父亲说：“过去的事情过去了，慢慢地，就都忘了。”

小英子的表情：是吗？

突然一阵伤感。

不是的，小英子。

好多的过去，其实都过不去，更不可能忘记的。

书橱上找出《城南旧事》，翻开，端丽雍容的林海音微笑地看着我：当然不能忘记，所以我写了这本书。

是的，不能忘记就不能忘记吧，善感而不善遗忘，虽然很辛苦，但上天已经同时让我成了一个写作者，我还有什么话说？

裘山山有篇短篇小说题目叫作《野草疯长》。

最近看到和听到的一些事，让我想起这个题目。

要努力，不让野草长到心里去。

五月晴朗而明媚的好天气，一直不知道该如何形容，今天突然想：这是连林黛玉都不会忧郁的天气啊。

《红楼梦》第十一回，写凤姐“看园中的景致，一步步行来赞赏”，是凤姐的状态和心态。而黛玉对大观园其实很少这样的闲心，很少这样纯粹而超然地观赏，她心心念念都在一个人身上，即使是“琉璃世界白雪红梅”，她也只顾着让宝玉去找妙玉讨红梅之前“吃杯热酒再去”。

除了凤姐，李纨也有这份闲心，她像个诗人一样，敏感于栊翠庵的红梅花开得“有趣”，“罚”宝玉去取一枝来。

这两个人，一个在生活和权力的中心，一个在边缘，一忙，一闲，但是仍有相同之处：生活优渥，根基稳定，心中安静（没有热烈的情爱），对未来有指望。

而黛玉的一生都是恋爱中人。恋爱中的人，往往一“人”障目，不见世界，或者说整个世界只是一个人。

为什么那么多人认为黛玉不会是个好妻子？如果黛玉和宝玉成婚，我认为她会是一个很好的妻子（前提是对方是宝玉，如果不是她自己挚爱的惟一的“这一个”，那么对双方都是灾难），而且他们会有渐渐宽余出来的心理空间，对大观园中的四季流转、晨昏花月、一一细细品味，一起慢慢赞赏。

也许他们将不再写诗，因为他们的生活就是诗了。诗里依然会有眼泪、疾病和叹息，但是依然是诗，而不是妥协无奈，不是柴米油盐。

电影《澄沙之味》，其实日语的片名就是一个词——“あん”，“红豆沙”的意思，发音和“安”很接近。千太郎卖铜锣烧，用的豆沙馅是到超市批发的，所以整个店和他自己一样缺乏生气。老太太德江出现了，带来了自己做的红豆沙馅，千太郎和观众都被这种红豆馅的味道震惊了。

电影描述了制作的整个过程：挑选，清洗，过滤，蒸炖，浸泡，加糖，搅拌，再放入麦芽糖。整个过程，不用说，充满了工匠精神和在一茶一饭中求人生真谛的趣味。

我的感慨是：可叹大多数人的人生就像千太郎原先卖的铜锣烧，皮是自己的，里面的最紧要的馅却是别人的，统一批发，乏善可陈。

诗和诗很难比较。因为有的诗是各种情绪调和的产物，有的诗是情绪交战的产物。

那种在别人演讲“中国古典文化”时站起来提问“你怎么评价辛波丝卡”或者“你觉得奈保尔和库切谁更有力”的人，相信我，你不用回答他（她），更不用生气，那只是刚刚被某种美摄住或者被某种魔力攫住、因此顾不得区分场合的人，或者是一个寂寞地阅读了很久、渴望当众说出感想的人。

最爱亦舒小说里的两句话。

一句是回忆曾经的良辰美景，女主角总是来这么一句：那样的好时光也会过去。

另一句是遭遇挫折时吃一口美食（通常是糖浆炖鸡蛋之类的甜品），伊马上说：唔——唔，还是得活着。

都是人生真谛。

老树的画与配诗，让我想起何立伟。他们有些地方是相像的。都有一些顽童气质，一股勃勃生气，多多的才气，深深（不是程度深，而是埋得深）的愤世嫉俗，但绝不纠结，而是对老鼠爬虫“呸”一声，转头看到一朵花即刻笑出来的那种拿得起放得下的明亮和爽利。

戴冰是我朋友中很特别的一位，每当读他作品的时候，我觉得他像个孩子或者水晶球一样，对人披肝沥胆毫无隐瞒；可当见到他的时候，又觉得他像一个迷雾缭绕的树林，里面有无数岔道，没有一次谈话可能了解林中所有神秘的小道。

这次读《穿过博尔赫斯的阴影》，其实我受了一点惊吓，因为起初我只是平静而从容地读着阅读随笔，突然发现身边的景物虚幻起来，脚下的地毯不知何时徐徐离开地面，慢慢带着我飞了起来，一切都那么真实，但是完全不可思议——原来我不知不觉已经进入了戴冰的小说。

在这本书里，戴冰玩了一次精彩的文字魔法，而我，作为同行，第一次放弃了比较，纯粹作为读者，享受了目瞪口呆和心醉神迷。

刘晓蕾说红楼，其实是说人生——说感情，说性灵，说处世，说人的高下，说梦想的差别。

特别喜欢听晓蕾说《红楼梦》，因为她说得爽利痛快，酣畅淋漓，肝胆相照，活色生香。还因为她让现代人文理念照进红楼，谈笑之间抵达中西合璧的风雅之境，令人心驰神往。

听晓蕾说《红楼梦》，最好是有一张桌子和好酒。听到会心处，可以痛快地拍案叫好，满饮一杯。因为她实在说得太好了，所以桌子宜木质，且厚实，才经得住猛拍；酒须大坛，方得畅饮尽兴。

参加陆梅的作品研讨会，总结了她作品中的几个关键词：

草木的芬芳。往昔的时光。隐秘的凄伤。诗意的远方。

（后来发现，居然是押韵的。）

记得读过一篇日本的小说，里面有句话：始终得以特殊的人是不存在的。

一个关系特别近的朋友，去年遭遇了意想不到的事情，明知无用但还是尽我所能地安慰了对方之后的半夜里，突然想到这句话，独自难过了一阵。

始终得以特殊的人，我知道自己不是，但总还是希望特别欣赏的人能够是，让我看见，让我觉得人生的底色更亮几分。但是那样的人，似乎真的是没有的。

以为自己没有什么痴心痴念了，结果还是有，终于又破灭了一次。

刘禹锡的《竹枝词》确实别出心裁，其中一首“白帝城头春草生，白盐山下蜀江清。南人上来歌一曲，北人莫上动乡情。”苏东坡特别赞赏，叹道：“此奔轶绝尘，不可追也。”

非常喜欢刘禹锡，但觉得苏东坡对这首诗的评价有点太高，不知道是否有点文人常见的夸张。

有一次在山坡上，站在树荫下，听见有人唱山歌，突然想起这首《竹枝词》，然后觉得确实好。明明是文人写的，可是完全是民歌的调子和气质，不要说什么典故，就是书斋的气息都一扫而尽，不像是模仿，倒像是刘禹锡变成了白盐山下、蜀江边上的一个山民，随口唱出来的，风行水上，全无造作，一清见地，却又有宛转的风调。这个实在难得。人赞王维诗“多少自在”。王维的山林是超脱空明的山林，而刘禹锡的山林原在世俗烟火境中，竟然如此自在，这一点实在难得之至。难怪苏东坡要赞叹。

宋代女人穿的鞋子，有一种式样叫作“错到底”。陆游《老学庵笔记》卷三：“宣和末，妇女鞵底尖以二色合成，名‘错到底’。”这个“错”，当是“交错”的意思，如此命名，有一种幽默精神在。

这三个字可以作一个小说的标题。写一个任性的人，一错再错，从坑里爬出来，从头再错，至死方休的故事。

多少人的大半生或者一生，因为年幼无知，因为年轻气盛，因为自尊心，因为不甘心，因为不服输，更因为坏运气，因为时事翻覆，真的就是一步错，步步错，"错到底"。

这样一想，"错到底"这三个字，就像三支箭镞了，咻咻咻，插入多少人的心脏。

偶尔失眠，起来坐在客厅里，独自喝着茶，突然想起两句诗："夜中不能寐，起坐弹鸣琴。"

是古诗十九首？查了一下，是阮籍《咏怀八十二首》的第一首：

> 夜中不能寐，起坐弹鸣琴。
> 薄帷鉴明月，清风吹我襟。
> 孤鸿号外野，翔鸟鸣北林。
> 徘徊将何见，忧思独伤心。

于是以"夜中不能寐，起坐……"的句式，写了几首，发现这个开头是可以让人写很多诗的。

越是敏感的人越容易不快乐，而生存环境往往无法让人自由宣泄，于是只能闷在心里。中医说现在肝气不舒的人很多，为什么肝气不舒？因为“情志不畅”，就是要忍受许多东西，人忍受的东西一多，时间一长，于是情郁于中，若能像竹林七贤那样发而为诗、为长啸、为穷途的号哭，都是好的；若不得解，往往变成绝望或者疾病。

断念、看破肯定是一条终极的出路，又是一条无奈的出路，人生如果是一团麻，看破就是把这团麻整个扔掉。它不是真正的解，而是以“不解”来解，是不解之解。人生在世，事事断念，固然可以少受伤或者不受伤，但是，生趣尽矣。

夜中不能寐，还是想不明白究竟和人生的苦恼继续纠缠还是看破抛开。幸亏睡意及时来临。

看《琅琊榜》，最喜欢的角色还不是梅长苏，而是静妃。

这个女人的气质是两个字：冷凝。但是她表现出来的恰是一种温和宽舒。她的举止是那么缓而谦，她的笑是那么轻而浅，她的眼神是那么宽而和。她的身上和脸上始终没有气恼、委屈、恐惧和愤怒这些烈性情绪。她的整个人是带着压缩感的，在一个危机四伏的环境里，她把自己缩小成了一支玉簪或者一粒耳环。

但是她并不压抑，因为她是沉稳的，她的所虑极多但心思单纯，她的处境虽不如意但根基稳固，更因为她早已看淡了生死，荣华富贵更不在她眼中，因此皇宫内外的所有天崩地裂都不能让她失去常态。不是她保持镇定与分寸，而是：她就是镇定，她就是分寸。

宽徐有度，从容自若，宠辱不变，处变不惊，这样的一个女人，控制力让她美得异乎寻常。

《琅琊榜》里有个可爱的少年，飞流。他武功盖世，但天生憨稚，口齿木讷，几乎不能说完整的句子，但是他爱憎分明，而且从不掩饰。

飞流的世界，是简单的，有时候让人叹息，有时候让人艳羡得想哭。

最是有一段——

梅长苏要喝汤药。

飞流在一旁苦着脸说："药很苦的。"

一位梅长苏的心腹逗他："要不你替苏哥哥喝？"

"可以替？"惊喜的飞流马上笔直伸出双手（那动作是习武之人才有的，迅捷，带着风），"给我！"

梅长苏笑了。"药要自己喝，才管用。"

飞流放下了双手，噘起了嘴。

人生重要的事情，都如此。

要自己吃苦头，自己付代价，才能自己长记性，自己活明白。

是无奈，也是公平。而且可能是除了人人都要向死而生，终有一死之外，最大的一个公平。

可是，有人想替你喝那碗苦药，那样的感情，还是很打动人，很温暖的。想替你分担，且不假思索，超理性，爱的纯度才高。

在写作的时候，总是不愿意有人从旁边，尤其是从背后走过。明明是家人，明明知道只是取东西“路过”，绝不会“偷窥”，可就是会后背一僵，浑身不舒服，希望家人快点走过去。

曾经，以为是一种羞涩。对一个平时穿着拒绝暴露的人来说，我相信这种反应是羞涩。肉身尚且不愿局部裸露，何况写作时，裸露的是灵魂。

后来知道不是羞涩。而是一种自我保护。

写作有时候会进入一种状态，一个人端坐在那里，其实在发生惊人的事情：一个人分裂成了无数个，这无数个是一支军队，他们互相精密配合，协同作战，但是他们又互相戒备，勾心斗角，甚至互相打冷枪。我，只能看着这些人为所欲为。而写作结束的时候，一个写作者需要将这些人慢慢合一，收回“自己”之中。在收回来之前，如果任何人闯入这个看不见的危险过程，如果再用不恰当的行动或者声音来惊断，写作者可能会发疯。

是真的，发疯。是真的疯掉。

写作的状态，是从日常的脱离。日常生活很忙碌、周围环境很动荡的人要写作，就要靠一瞬间逃离的速度够快。不是肉身，而是你的胡思乱想的速度要快。

就像从一堆互相撕扯的人中挣脱出来，他们还想继续缠住你，你必须马上拔腿狂奔，转眼不见，进入一个非日常的世界。

读顾随札记

读顾随，断难保持仪态。时而拍案大呼，时而喟然长叹，真是冰炭置肠，百感交集。

读顾随的书，讲义，散文，小说，给朋友的信，他的博学和活泼泼的心性，不要人折服，只要人喜悦赞叹。

他的诗人情肠可以解释何为“赤子”，他的见解足为“独到”二字作笺注。

顾随有几点真正了不起。一是打通古今，说古人如今人，如平辈朋友，爱而知其短，批评而知其难得，知无不言，简直将一个个古人说活了；二是打通中西，不为炫耀更不是罗列，就是一种全世界往来纵横的大视野大通感；三是打通了作诗、作文、做人的界限，将其中不同处与相通处都讲透了，对读者、听者的写作有用，生活更有用。

先生真大学问家，大诗人，大智者，更是大仁者。

读顾随，方读得五体投地，他又亲切地将你扶起来；才忍俊不禁，他又使你肃然惕然而深思。

我觉得：如果在年轻的时候遇到这样一位老师，我的人生肯定会不一样的。但是又想：也许现在遇到更好，免得年轻草率懵懂，万一没有理会，反而错过了，岂不成了此生大憾？

偶尔会想起同样博学而有趣的钱锺书。

但是两个人非常不一样，顾随的心肠热。

顾随提出，伟大诗人必须有将小我化而为大我之精神。

怎么化？一个途径是对广大的人世的关怀，另一个途径是对大自然的融入。

第一个途径的代表是“花近高楼伤客心，万方多难此登临”（杜甫《登楼》）。

第二个途径的代表是“采菊东篱下，悠然见南山”（陶渊明《饮酒》）。

说得何等明白易懂，何等生动贴切，而眼界自是开阔，气象自是不同。

真正写得“大”的诗，读诗的人也要有“大”的眼界和气象，才能读得进去，读得透彻。

“奇外无奇更出奇，一波才动万波随”（元好问《论诗绝句》中的一句），叶嘉莹用来评价顾随讲课时的联想和比喻的丰富生动。

虽然无缘亲炙，但读完《中国古典诗词感发》，也确确实实体会到了“一波才动万波随”的妙处。

正文第一页，就看到一句令人大惊奇的话：

“意在救人尚不免于害人，况意在害人？”

文艺创作，天下事业，莫不如是。

“诗根本不是教训人的，是在感动人，是‘推’、是‘化’——道理、意思不足以征服人。”

然则文学本就不想征服人。

“做人、作诗实则‘换他心为我心，换天下心为我心’始可。”

作为写作者，闻此言感愧交并。

“与花鸟同忧乐，即有同心，即仁。”

难怪我只要遇见喜欢花草和小动物的人，总觉得可以放心接近，原来他们都是仁人。

“自得与自在不同，自在是静的，自得是动的。自得，非取自别人，是收获而能与自己调和，成为自己的东西。”

自在和自得都是平和的，但自得的价值更饱满。

如今许多人，不但不能自得，连自在都做不到，天天好大的不自在，然后闹腾得别人也不自在，真是何苦来?

顾随认为王维的“风劲角弓鸣，将军猎渭城。草枯鹰眼疾，雪尽马蹄轻”四句，不如王绩的《野望》中的一句“猎马带禽归”。

不同意。虽出自顾随先生亦不能赞同。若在课堂上，肯定举手与之争论。

“韵味有远近，气象有大小。凡一种文体初一发生时皆有阔大处。五言诗之在汉，七言诗之在唐，词之在北宋，曲之在元，皆气象阔大，虽然谈不到细致。”

往往熟了，就精巧，就圆润，但是也失去了初始的充沛元气和阔大气象。

一个写作者的创作历程往往也如此。

从气象入手，顾随对鲁迅这样评价：“鲁迅先生作品亦然，凝练结果真成了一种寂寞，不但冷淡是如此，写热烈亦然，终不能阔大，发皇。”

说鲁迅气象不阔大，真是独具慧眼。

也不必为鲁迅打抱不平，因为和唐人比，顾随对宋人诗都一律嫌“小”，连陆游的“小楼一夜听春雨，深巷明朝卖杏花”这样的句子也不例外。

“宋人能不如唐人莽，宋人深不如唐人浅；宋人思之深而实浅，唐人诗思浅而实深。”

这真关乎气数。就像一个人，到了中年，自然失去了年轻时的莽和浅，也失却了那背后的元气、率真和开阔，却也只能努力变得“能”和“深”，不然，岂不一无是处？

时代真无奈，人生也真无奈。

“极不调和的东西得到调和，便是最大成功、最高艺术境界。”

是极！

黄山谷的“雨足郊原草木柔”，顾随评之曰：“说的是柔，而字字硬。”

笑得我一口茶几乎呛死。

陈子昂《登幽州台歌》，顾随说："此诗读之可令人将一切是非善恶皆放下。"

对一首诗，不能指望有比这个更高的评价了。

而当得起这样评价的诗，才是诗中的诗，巅峰中的巅峰吧。

顾随有一个很重视的标准：大方。大方是精巧、小气的反义词。

说初唐气象阔大，"后人写诗多局于小我，故不能大方"。

顾随说："定于一"是静，不是寂寞。

现在的人，心不静，而外面忙且迫，难怪那么寂寞。

"中国山水画中人物已失掉其人性，而为大自然之一。"

怪不得看许多山水画，人物都大同小异或者面目模糊，倒是那些山峦、那些怪石、那些树木、那些水上的波纹，甚至那些入穴出岫的云，都各有各的面目。原来是作为大自然的一部分的时候，人的鲜明个性是要被缴械的。

举落入叛军之手而犹能作“凝碧池头奏管弦”为例，顾随说：“王维即在生死关头仍有诗的欣赏。如法国蒙德《纺轮的故事》，写一王后临死在刀光中看见自己的美。”

这个联想，真是绝了。

是，王后在刀光中看见自己的美，诗人在生死关头仍看见美，看见自己的心。

说老杜时，以他的《北征》为例，发出了相似的感慨：“大诗人毕竟不凡，大诗人虽在极危险时，亦不亡魂丧胆；虽在任何境界，仍能对四周欣赏。”

说王维最是层层剥进，而层层透彻：

“王摩诘（王维）是调和，无憎恨，亦无赞美。”

“右丞（王维）高处到佛，而坏在无黑白，无痛痒。……放翁（陆游）诗虽偏见，究是识黑白，识痛痒”，

“一掴一掌血，一鞭一条痕”。

“诗之传统者实在右丞一派。……中国若无此派，中国诗之玄妙之处便表现不出。”

“摩诘不使力，老杜使力；王即使力，出之亦为易；杜即不使力，出之亦艰难。”

说到中庸：

“缺少生的色彩，或因中国太温柔敦厚、太保险、太中庸（简直不中而庸了）……”

其实“中庸”不是温吞，讲的是恰如其分，而多少人不明白，或者“装睡”，假中庸之名，不中而庸。

不中而庸者，实众。

“中国君子明于礼义，而暗于知人心。”

可正是这个话。所以中国人看欧洲电影、美国电视剧，往往被扑面而来的、茂密幽深的人性丛林惊呆了，中国的古训、家训、圣人之训都是扁平的，根本不能应付。

孔子“见贤思齐焉”，顾随的理解是“积极与禅宗同，而真平和，只言‘齐’，‘过之’之义在其中。”

要和自己追慕的贤人“齐”，或者还要超过他。这个解释，真新鲜，也真好。

可惜今天的少年，多的是见贤思“弃”，一“弃”，似乎就自然“过之”了。

如何使生的色彩浓厚？顾随说：第一，须有“生的享乐”。第二，须有“生的憎恨”。第三，还要有“生的欣赏”。

“不能钻入不行，能钻入不能撤出也不行，在人生战场上要七进七出。”

在风格上，顾随承认很难两全：

比如神韵与力。

“写什么是什么，而又能超之，如此高则高矣，而生的色彩便不浓厚了，力的表现便不充分了，优美则有余，壮美则不足。”

“然事有一利便有一弊：太白自然，有时不免油滑；老杜有力，有时失之拙笨。各有长短，……”

又比如“滑”与“涩”。

“作诗‘滑’不好，而治一经，损一经，太涩也不好。”

承认难以两全，而不奢望兼顾，方是的论。看到“短处便由长处来“，“治一经，损一经”，更是高明。

说李白：

“太白诗飞扬中有沉着，飞而能镇纸，如《蜀道难》；老杜诗于沉着中能飞扬，如‘天地为之久低昂’。”

比较李杜，不以偏概全。

说李白却想到古诗十九首、曹操父子，因为“汉、魏诗如古诗十九首、曹氏父子诗，思想虽浅而情感尚切”。而“李白诗思想既不深，感情亦不甚亲切”。

李白有李白的好处，是什么呢？

“太白诗一念便好，深远。”

“譬喻即为使人如见，加强读者感受。……‘君不见黄河之水天上来，奔流到海不复回。君不见高堂明镜悲白发，朝如青丝暮成雪’，皆是助人见。”

使人如见。助人见。真是纯金美玉，字字镇纸。

“诗中不能避免唱高调，惟须唱得好。”

“别人唱高调乃理智的，至太白则有时理智甚少。”

说的是。但天才创作，往往理智比较少。

论《红楼梦》与《水浒传》：“若《红楼》算能品，则《水浒》可曰神品。《红楼》有时太细，乃有中之有，应有尽有；《水浒》用笔简，乃无中之有，余味不尽。”

这是最不能同意顾随的一个看法。完全不同意。甚至以此推断先生真懂诗，懂禅，但并不是真懂小说，至少不如曹雪芹懂。

然而顾随还真是不太喜欢《红楼梦》，这对我是个打击。

“文学应不堕人志气，使人读后非伤感、非愤慨、非激昂，伤感最没用。如《红楼梦》便是坏人心术，最糟是‘黛玉葬花’一节，最堕人志气，真酸。几时中国雅人没有黛玉葬花的习气，便有几分希望了。”

目瞪口呆。

但是想到那是在国族危殆的抗战时期，又有几分可以理解。但是仍然是不赞成，不同意。

文学可以惟美，而美正不必有用，不必鼓舞志气，美令人感动，令人沉醉，已经足够了。

况且，一个真爱黛玉葬花的人，完全可以在现实中很强大，强大到保护黛玉和那些桃花。

从来没见过像顾随这样视“古之圣贤”如平辈朋友而公开质疑的，而且用的是大白话，读之如毫不避讳的当面批评，真是解放心灵，痛快淋漓——

（李白《乌栖曲》）“东方渐高奈乐何”句，不通。用古乐府“东方须臾高知之”（《有所思》），古乐府此句亦不好解。（哈哈哈）

“功名富贵若常在，汉水亦应西北流。”（《江上吟》）太白此两句，豪气，不实在，惟手段玩得好而已，乃“花活”，并不好，即成“无明”，且令读者皆闹成“无明”。

太白诗有时不免俚俗。唐代李、杜二人，李有时流于俗，杜有时流于粗（疏）。

“岑夫子，丹丘生，将进酒，杯莫停。与君歌一曲，请君为我倾耳听。(《将进酒》)”皆俗。所谓“俗”，即内容空虚。

“弃我去者昨日之日不可留，乱我心者今日之日多烦忧。”人读宋诗多病其议论，于苏、辛词亦然，而不知唐人已开此风。太白此诗开端即用议论，较“三百篇”“十九首”相差已甚大矣。

（李白）“凤去台空江自流”，固经济矣，无奈小气了。不该花的不花，但该花的不可不花。太白此句较之《黄鹤楼》两句，太白是“小家子”，崔颢是“大家子”。……“凤去台空江自流”，试问有何意思？

老杜七绝，选者多选其《江南逢李龟年》一首，……此首实用滥调写出。写诗若表现得容易、没力气，不是不会，是不干；或因无意中废弛了力量，乃落窠臼。

老杜诗有时写得很逼真，但不明是什么意思。

《长恨歌》叙事，失败了，废话多，而不能在咽喉上下刀。如写贵妃之死，但曰：六军不发无奈何，宛转蛾眉马前死。

真没劲！

老杜“国破山河在，城春草木深”，好，而不太自在。韩退之七古《山石》亦不自在，千载下可见其用力之痕迹，具体感觉得到。

（但是对韩愈用力结果评价不低，“唐宋诗转变之枢纽即在‘芭蕉叶大栀子肥’一句”。）

老杜抓住人生而无空际幻想，长吉（李贺）有幻想而无实际人生。

长吉当然是天才，可惜没有“物外之言”。

“石破天惊逗秋雨”则费力，不懂，“隔”。抓的是痒处而“隔”，意甚好，写得不好。愈往后念，愈不可懂。

（这首诗确实不好懂，而且李贺有些作品简直是修辞实验，即使全弄懂了也无多大意思，因为他的心思和力气全在修辞上，包子没肉全在褶上。）

李商隐赠杜牧诗中有一句“短翼差池不及群”，顾随说：“不可解。”

确实如此，各种解读总觉勉强。本来给杜牧评价的，不应该如“无题”那样曲折多意，如此不好理解，加之诗情也不足，因此觉得不能算李商隐写得好的。

小杜情较义山浅薄，而写自然比义山好。

一个诗人无论写什么皆须有一种有闲的心情，可以写痛苦、激昂、奋斗，然必须精神有闲；否则只是呼号，不是诗。如老杜“朱门酒肉臭，路有冻死骨”。这样的诗可以写，而太没有有闲之心情，快不成诗了。

杜牧的咏史之作，顾随认为“小杜见解不甚高，闲情又不浓厚，且稍近轻薄……”

（这个看法实难同意。杜牧的咏史之作既有不同流俗之见解，又有闲情，且能不相妨害，目光如炬，笔力峭健，颇多佳作。）

若令举一首诗为中国诗之代表，可举义山《锦瑟》。若不了解此诗，即不了解中国诗。

对李商隐的评价，让我心满意足，几乎想浮一大白。

认为李商隐“沧海月明珠有泪，蓝田日暖玉生烟”“是写男女二性美满生活”，“义山乃寒士，与其妻所过亦必为茅檐草屋、粗茶淡饭的生活，而义山写诗时将其美化了。”

这一段非常重要。因为《锦瑟》的题旨，向来众说纷纭，就我所见，已有八种：（1）怀念一个叫锦瑟的女孩子；（2）写瑟的四种声调；（3）悼念亡妻；（4）追念旧欢；（5）客中思家；（6）为自己诗集作序；（7）伤唐诗之残破；（8）自伤身世。

看来顾随是认为此诗是悼亡之作而“不疑有他”了。

既然不能起义山于九原，既然诸大家的解释都说得通，那么也允许我大胆猜测——是第六种和第八种兼而有之，即李商隐将一首自伤身世的诗作为自序，或者说，这首用来作序的诗主要内容是自伤身世。这与“沧海”句写夫妻美满似也不矛盾，夫妻美满而不得白头到老，正令人哀伤。

从诗里说到诗外，亦好看——

“这真苦而又有趣，凡不劳而获的皆没趣。”

“平凡的社会最足以迫害伟大的天才，如孔子、基督。”

“武断似乎最有主意，实则没有一个武断的人不盲从的；乃根本脑筋不清楚。”

“人最难得是个性强而又了解人情。”

“人生最不美、最俗，然再没有比人生更有意义的了。抛开世俗眼光、狭隘心胸看人生，真是有意思。”

“一个人对什么都没兴趣，便是表示对什么都感到失去了意义，便没有力量；真的淡泊，像无血肉的幽灵。我们要热衷地做一个人，要抓住些东西才能活下去。”

“一个人除非没品格，稍有品格，便知恭维人真是面上下不来，心上过不去。”

“人之所以在恋爱中最有诗性，便因恋爱不是自私的。自私的人没有恋爱，有的只是兽性的冲动。何以说恋爱不自私？便因在恋爱时都有为对方牺牲的准备。”

“现在世界，不但不允许我们有闲情逸致，简直不允许我们讨论是非善恶。我们一个人要做两个人的事情，纵使累得倒下、趴下，但一口气在，此心不死，我们就要干。”

“世人有思想者多计较是非，无思想者多计较利害。无论是非或利害都是苦。”

“人到活不下去而又死不了的时候，顶好想一个活的办法，就是幽默。”

“诗人的幸福不是已失的，便是未来的，没有眼下的。若现在正在爱中，便只顾享受，无暇写作。”

“现在人不会享福，享福是受用，现在只知炫耀，不知享福。现在人最自私，可又不会自私。”

“吾人岂能只受罪便完了？应该要有一个好的未来。”

不避俗，而不俗，妙哉，顾随。

广学向，而通人生，大哉，顾随。

看到底，想得透，而不减诗心情肠，奇哉，顾随。

读顾随与好友书信，发现其中多有提及花草树木的。

“青岛樱花，能支持一月，此刻才开，来日方长。兄几日大愈，再命驾来青，亦不为晚。幸勿以此焦急。”（1925，4，20）

“樱花玉兰，近都已在盛开期间矣。”（4，22）

“仅曾散步一到公园，看樱花及玉兰而已。……樱花近日开得烂霞堆锦，中国花惟海棠差胜其娇艳。而逊其茂密。我日日往游，无间晨夕。惟近中情怀，凄凉益甚，每对好花——以及好月、好酒——辄恨无同心执友，同赏、同玩、同饮也。”（4，25）

“此间樱花虽落，而桃花、海棠、藤萝、紫荆都在盛开之期。饭后散步，颇不寂寞。”（5，2）

（谚云：“樱花七日。”20日樱花开，次月2日已落，自是常理，而第一封信中说“能支持一月”，显然非实情，说时是为了让病中的好友宽心。其爱花、惜春如此，知友、怜友如此，真是赤子情肠。）

“公园中樱花虽谢尽，而海棠崛起代之，令人更生花天香国之思。月下饮酒，尚未实行，会当不远矣。”（5，6）

“此间樱花已由盛而衰，落花满地，残蕊缀枝，甚可怜。”（1926，4，25）

“季弟日前来函索樱花，近中已采压数朵，尚未寄去。”（4，30）

“廿九日函昨晚接到。马樱花蕾大小与此间校庭中者相仿佛。弟即以此为标准，俟庭中花开时即赴京住直馆也。”（1928，5，31）

“下午课罢归来，见有挑担卖花者。以洋四毛购花与草各一盆，……花西洋种，似中国之秋海棠。草似竹，弟似忆其名为‘文竹’。”（1929，11，13）

……

在时局动荡、生计愁苦、频遭白眼、时时病痛的情况下，顾随和他的朋友，仍然这样热诚而细腻地生活着，他们真是对美、对世间、对人生，爱入了骨髓，也因此体会到了人生真味者。

那些口称“哪有这个闲工夫？哪里顾得上这些琐

碎无聊的事”的人，其实是满身俗燥、满心奔竞，渐渐与大自然的物候隔膜，与花草鱼虫细致的美绝缘，即使到了功成名就、荣华富贵之后，也仍然是没有这个闲工夫，也仍然是顾不上真正的享受的。即使有奇花异卉满室，甚至古树名木满园，也只是炫耀罢了，何尝能真心受用？

清贫之士、升斗小民在艰难的缝隙里能享受到的美和怡然，达官贵人和富豪巨贾在一片繁华中却往往不能，这也是上苍的一种公平。

如今的人，往往将“笙箫管笛”打入一类，而在古诗里，它们各有其用，各有其境，是不能随便互换的。

顾随讲李商隐的“东风日暖闻吹笙”，“一读便觉到暖风拂面而来”，而且“按科学讲，亦合。”因为“笙内有簧，与笛、箫不同，簧如笙之声带。据说笙最怕冷，在三九吹不响，冷气一入则簧结而不动，故吹笙必天暖”。

恍然大悟。

笛与笙比较，如何？顾随又以杜牧的“深秋帘幕千家雨，落日楼台一笛风”为例：“此句非是笛不可，与义山‘东风日暖闻吹笙’可为相对，一写暖，一写凉。‘东风日暖’时岂无人吹笛？有人吹亦不能写，正如‘落日楼台’不能写吹笙一样。”

“有人吹亦不能写”，忍俊不禁！不为其无理，为其有理而表达得如此任性。解诗发人所未见，论断时又以率真声口代替学究气味，真真是好得令人叹，令人大笑，令人叫绝，简直令人手足无措，不知道怎么对他才好。

这样的大学者，可爱煞人。

顾随解李商隐的“东风日暖闻吹笙”，说到“笙最怕冷，在三九吹不响，冷气一入则簧结而不动，故吹笙必天暖”。

恍惚记得《陶庵梦忆》中也有这样的话。查出来一看，却又不是，说的不是笙，是箫。《龙山雪》写雪夜登龙山，“万山载雪，明月薄之，月不能光，雪皆呆白。坐久清冽，苍头送酒至，余勉强举大觥敌寒，酒气冉冉，积雪欲之，竟不得醉。马小卿唱曲，李岕生吹洞箫和之，声为寒威所慑，咽涩不得出”。

看来，箫也是怕冷的。

《龙山雪》是我读过的写寒冷印象最深刻又最别致的一篇，在这里，“寒威所慑”，寒冷是统摄万物、铁面冷心、威力无穷的至高主宰，它使月光都变得暗淡，使酒气都受到压制无法生发，以至于痛饮了许多仍不能求得一醉，更让箫声都“咽涩不得出”。

“箫声咽，秦娥梦断秦楼月”，这是唐五代词中最脍炙人口的《忆秦娥》的第一句。“箫声咽”，这个“咽”，会不会也是“寒威所慑”呢？“乐游原上清秋节，咸阳古道音尘绝”，清秋节就是九月初九的重阳节，时令是秋天，不至于寒冷，那么箫声“咽”的原因，与时节、气温无关，自然就只是摹写箫声之呜呜咽咽，令人如闻其低沉悲凉了。

“西风残照，汉家陵阙。”是时代的气候和心理的天气令箫声呜咽。

那雪中、明月下、西风中的吹箫人，他们后来都去了哪里？他们会不会是不同时代的同一个人？隐隐箫声犹从沉沉书页中透出来。

四 玉珰缄札何由达

美啊，请为我停留

一直忘不了“樱花吹雪”的情景。小径寂静，树林幽深，没有人迹也没有风声，樱花树却微微颤动，于是有花一瓣一瓣地飘落，像轻轻滑落的叹息。一阵风过，猛地一片疾雪，簌簌而下，像一群小精灵且歌且舞地奔赴凡间的约会；而先期到达地面的花瓣也被卷起，在空中迎接自己的伙伴。在那一瞬间，天地间一片迷茫、凄丽，令人为之失神错愕，等到风住还想不起来自己刚才从哪里来，要到哪里去。仿佛你走过千山万水来到这里，就是为了和刚才的一幕相遇。

家住在楼上，静静的夜里，垂下的百叶窗有时会突然出现树影，是骤然亮起的车灯将它投上去的。随着车的开动，树影一边奇异地变幻着，一边飞快地掠过。莫名其妙地觉得有什么意义隐藏在里面。如果没有灯的照耀，就没有树的影子，没有树的影子，我会看到那些在黑暗中静默着的树吗？也许现实沉寂如夜，人生就像那些树，而所谓艺术只是这影子。那么什么是那灯呢？它在什么时候、因为什么而点亮？

不止一次地梦见相同的梦，美极了，彻底的明亮，完全的自由，整个身心都在极度的欢欣中战栗。在梦里就知道它的珍贵，想把它记下来！可是动不了，等到躯体可以活动自如时就记不清了。直到我再次进入那个梦境，我叹息着：对！对！就是这个，我又看见了！可是等我醒来，一切又没有了踪迹。于是我知道了梦境可以邂逅，却拒绝造访。

在白天或黑夜，在现实和梦中，不断有一种什么东西在触动我，使我不得安宁，时而欣喜时而沮丧，耽于幻想，深沉忧伤。渐渐地我觉察到那是一种渴望，那种渴望在我三十岁的时候，终于变成了一个清晰的声音：“请为我停留。”

为我停留。这就是我在和所有的美（奇异或者质朴，清澈或者浑厚，淡远或者激越）相遇时最大最强烈的愿望。在狂喜的泪水和宁静的微笑后面，我的心始终在对那看不见的秩序请求：请为我停留，哪怕只有片刻，只要你停留，只要你是为了渺小的我……

此刻我又听见那嗫嚅而恳切的声音：“请，请为我停留。”

我不知道自己是否配说这句话。因为这是一句有魔力的、决生死的话。在浮士德和魔鬼的契约里，魔鬼做他的仆人，但有一个条件就是：若浮士德对某一个刹那说："你真美呀，请停留一下。"他的生命便算完了。魔鬼陪伴浮士德经过了"小世界"（爱情）和"大世界"（政治），浮士德始终没有感到满足，没有停顿不前。浮士德的最后目标是创造事业——"要每天每日去开拓生活的天地和自由的空间，然后才能自由地享受生活""我愿意看见这样熙熙攘攘的人群，在自由的土地上住着自由的国民"。在这样的雄心和愉悦里，在"最高的一刹那"他终于说出了："你真美呀，请停留一下。"然后就倒地死去。

浮士德似乎是失败了。可是忍不住脱口说出这句话，心里是怎样的丰盈满足，能够在这样的一刹那死去，是多么幸福的事啊！至于他的灵魂之争，那是天使和魔鬼多余的争执，其实他已经把自己的灵魂交给"美"了。

这是怎样终极的呼唤啊！"真美啊，请停留一下！"让美停留，等于让时光停留。因为一切美，都有生命，而生命摆脱不了时间的主宰。如果能摆脱时间主宰的，必定是无生命的，必定与美无关。时光啊，请停留一下！谁敢说出这句话？即使有人说了，时间也会用它无尽的虚空来淹没你。

确实不该有这样无理的念头。爱花，就是爱它含苞的秀嫩、初绽的明媚，爱它盛开的芬芳，也爱它凋零时的满天纷飞。你不能对花骨朵说：“不要盛开了吧。”那它岂不是成了一朵僵硬的枯花？你觉得花谢花飞的时候是绝美的，可是谁能说：“停，停一下。”正是因为不断地飞呀飘呀，停也停不住，它才那么美呀！

所有的美似乎都是这样的任性蛮横。要么丢弃自己的一切追随它，要么视而不见任它自生自灭。你不能改变它或者干涉它，不论是出于多么高尚的动机、多么深沉的爱恋。我常想，所有从事艺术创作的人可以分为两类：具有泛神倾向的和具有自恋倾向的。对于世界、人生而言，艺术家都是贪的人，贪婪地注视美的景物和人、发现美的感情、吸取一切美的空气。区别在于泛神倾向的人关注整个世界，在他的眼里，每朵花、每根草、每粒沙子都是神的创造，每个角落、每条路、每个湖泊都是大有意味的美的化身，他总是特别善于捕捉、感应，而且竭尽全力将其中的美用文字、用画面、用旋律凝聚起来、固定下来，为了向人们或者自己再次展示。他灼热的目光是向外的。而自恋倾向的人认为自己就是上帝最好的作品，因此把对世界、对人类的关注、赞叹集中到了自己的身上，他总是执着地把自己当成一口井，不断挖掘出新的活水来，有时他们确实达到了灵魂的最深处，有时他们仅仅停留在皮肤和毛发上。他们的挖掘是向自我内部的。

但不论是哪一种倾向，总之他们对美都是贪的，他们永远不会满足，总是一边如获至宝地捧住已经感受到的美，在心底不断温存；一边不断去寻找新的美，又企图把它留下，哪怕只是一点痕迹。他们恨不得与所有新鲜的美相遇，恨不得抓住普天下所有美的时刻。他们恨不得多生出一双眼睛、两只手，多长一颗心，多活几辈子，来完成这个完成不了又永远不想放弃的心愿。美不会停留，美不会为谁停留，可是他们就是渴望着让美停留，除非世界没有美，除非他们失去了对美的敏感。然而，世界上永远有那么多的美（正如也有那么多的不幸一样），而他们的所有器官天生就是用来感应美的。因此他们总是比常人焦灼、不安，明知不可而无法自制总令他们忧郁、绝望。当然，正如其他痛苦常有报偿一样，他们也比常人活得丰富、深入，他们的日子滋味纷呈，他们的悲喜难以言传，他们的心绪摇曳多姿。

日子真是流水似的。断断续续写作至今，也有十几年了，我开始面对一个问题：为什么要写作？总用各种理由搪塞是说不过去了。写作既不是必须做的工作，也不是为了谋取现实的利益，甚至也不能博得我在乎的人的赞赏。那么我为什么不停下来呢？是什么动力在推动着我？

也许，是一种深深的渴望，是在现实中无处诉说也无从诉说的渴望：让一些美的片刻，或者说片刻的美，为我停留。

花飞叶落，是谁也阻止不了的过程，正如人生也是一个过程。等到落叶入土、花逐流水，一切都像没有发生过一样。可是它们在空中飞舞的姿态以及气息，在我看见、感受到的一瞬间，却是真切无比有如永恒的。宇宙间的变化是感动的源泉、风雅的种子，遭遇变化而生感动的瞬间，就是短暂的人生和永恒相遇的一刹那。不管别人怎么样，我忍不住要将它们摄取下来，保存在一个个整齐的字里、一张张洁净的纸上，哪怕仅仅为我自己。也许这对世界并不重要，但是如果我连这样的事都不去做，我的一生还能做什么呢？

也许我一生都会如此执着。

知道自己其实是一个容易激烈的人，但我从来不放纵自己的激情。因为害怕随之而来的迷乱与失控使我的初衷落空。就像一个在绝美的海市蜃景面前的人，对自己说“快看啊，快看！它一转眼就要消失了”，因此任我身边的人纷纷向它狂奔而去，我只是站在原地丝毫不动，同时忍着热泪，不让它模糊了自己的视线。有时候，涉险、爆发、自我毁灭的诱惑像海妖的歌声，真使人想挣脱束缚，不顾一切地投身海中。这种时候，总有一种渴望静静出现，用她那轻柔然而坚定的手拉住我，“把美留住！”于是写作就成了我的绳索，我用它把自己紧紧捆在了桅杆上，然后出发到遥远的海域，去倾听海妖迷人的歌声。当我不可避免地沉迷，当我愿意以身蹈海的时候，出发时的绳索紧紧地捆住了我。这种束缚使我安全，也使我付出另一种代价。剧烈的火种缺少空气，固然避免了爆炸、迸裂，可是也许当船安全到达的时候，水手的整颗心已经变成了寸寸灰烬。因为曾经经历过的一切，像无焰之燃，无声无息，但焚毁得却更彻底。我知道已经和正在经历这种“无焰之燃”的绝不仅是我一个人，而是一批人，他们是一代人中最清洁和最颓废的。也许这就是我们的生存方式。

不论经历什么样的煎熬与挣扎，我还是固执地呼喊：“美啊，时光啊，请为我停留！”我知道，说这句话是要付代价的。任何人，在你忍不住说出这句话的时候，属于现世、物质、理智、计较的你就倒下死了，属于昨天的、骄傲狂妄、容易满足的你就破碎死了。随着一次又一次的呼唤，一个又一个的你就不可避免地死去。你是无从选择的，能选择的只是甘心不甘心。

我是心甘情愿的。代价算得了什么，如果美真的能停留。如果不能，我也要让那种对美的感动停留下来。

在我所有的文字背后，就是这个声音，它渐渐清晰，不再迟疑：“请为我停留。”

而在我最深的梦里，我听见它骄傲地说：“看，为我停留。”

1997年10月于上海

（本文为散文集《纯真年代》东方出版中心1998年8月版代序）

雪水云绿和第二片叶子

某日，在异乡的一家好茶馆喝了一杯叫“雪水云绿”的茶，那茶大概是绿茶中的烈女子——别人的茶用盖碗，我用直筒大盖杯，容量足有别人的三倍，不然这茶就太浓了。酽酽地喝了三道，觉得奇香扑烈，回味醇厚。

结果那天晚上没睡，不是撑着熬着，就是丝毫没有睡意。随手拿出一本随笔集，是《沙漏》，一边读着，一边等待天亮。很久没有像那天那样看着深蓝色的夜空如何泛出紫色、蔷薇、薄红，然后晨光涌出，天光一碧。身边的白玫瑰，顿时被清晨第一束光线点燃。那一刻，任何伤感和悲哀都像夜的暗影被驱散了，整个人、整个心灵被光线浸透，犹如水中的茶叶，渐渐舒展，格外滋润。我心里充满了对自然、对生命的感激。

真希望我的心能留在那个清晨。

曾经有朋友说我消极，说得好听些叫“低调”，我自己说就是懒。也许是因为这世上没有一件事令我愿意全部投入，以自由、生命为之所用。可是若说我不认真，我是不承认的。我有我在乎的方面。比如：茶要好，朋友要有趣。有时也长时间地在纸上涂涂抹抹，但要看情绪，基本上是“从流漂荡，任意东西”的状态。最佩服的就是每年都有写作计划而且总能完成的人，他们是怎么做到的？

我是一棵拒绝塑造、不愿被催促的树，慢悠悠地长出一枝枝杈，后来又慢腾腾地长了一枝。第一枝是散文，第二枝是小说。我读研究生的专业应该是为当评论家作准备的，但是没有用上。如果仅仅写散文，我也许已经为自己放弃评论而后悔了，但是当我开始写小说，我知道我不会后悔了。《无梦相随》是我“小说”枝上第一片叶子，那是我写小说第一个十年的结果。现在这是第二片叶子，是最近两年的作品，我觉得它比第一片要绿得均匀，也多了几分丰润鲜亮。有人说我的小说太单纯太惟美，或者说太理想主义，我不知道是否如此，正像我不知道这些词在今天的准确含义。反正不论别人怎么说，我都会写下去，像树上不断长出叶子那样。

除了白痴，谁都不能一直为幸福所浸润，相反，孤独、矛盾倒是现代人的常态。在这样一个飞速变化、剧烈震荡、灾难不断、缺乏安全感的时代，生活是不容易的。要忍受来自许多层面的压力和刺激，而且忍受了也未必有报偿。对敏感的人来说，痛苦是加了倍的。但是，在写作时我会忘记这些，做回自己，自由地呼吸。对写作的人来说，不能为梦在现实中找到归宿，但可以自己构筑一个世界，在那里，梦想还可以变成现实。

写作的人，当然希望自己的文字有人看。一位哲人说："你未看此花时，此花与汝同归于寂；你来看此花时，则此花颜色一时明白起来。"作品与读者的关系，大概也是这样的吧。

我说过写作是为了在芸芸众生中寻找潜在的同类。当我在书店里看到一位学生站在书架前久久读我的一本书，当我收到陌生人的信说我写的就是他（她），并且要把自己的经历原原本本地告诉我，我知道，他们是在的，而且就在不远处。

我相信缘分。那些感情触动我，又通过我的笔触动别人，都是风一样穿过我们生命的缘分啊。否则为什么那风单单拨动了我的琴弦，又为什么偏偏是遥远的另一条弦起了共鸣？前世，我们曾经是谁？今生，我们是新知还是重逢？"当时明月在，曾照彩云归"，为一切作见证的明月还在，转眼已是一千年。

"人没有好或坏，只有清澈的人和混浊的人。"这话说得太好了。愿上帝赐我清澈。如秋水，如清茶。

1999 年 12 月

（小说集《十年杯》百花文艺出版社 2000 年 4 月版代序）

脆弱的写作和困难的美感

越来越觉得，写作真是一件脆弱的事情。现实生活中的任何一件事都比它强大。

不用说如果肚子饿了会饿走灵感，不用说楼上人家装修会让你在书房里犹如一匹困兽，只要你嘴里的一颗渺小的牙疼起来，你就不能专心写了。这些都还是在和平、日常的生活里。而我们生活在一个动荡不安、天灾人祸不断的世界。

2001 年的 9 月，我正在写一个中篇，构思得很久了，进展顺利。交稿时间快到了。那个深夜，毫无准备地，在电视里看到了那个著名的飞机撞大楼的画面。第一反应是：太像电影了！简直就是一部灾难片的片段！然后就想，今天是 4 月 1 号吗？谁在电视里开这样的玩笑？！

想到可能有上万的人，由于一个他们也不知道的原因，死于素不相识的人之手，而且像蚂蚁一样，一群一群被杀，没有名字，没有脸……我几乎想吐。震惊、难以置信，使整夜的睡眠像在冰凉水面上漂浮不定的叶子。第二天上班，觉得空气都变了。出租车司机说："电视看了吧？谁叫美国人整天管别人，现在活该！"我白了他一眼，心想没有受过教育的人，和他计较也没什么意思。打开电脑，到常去的聊天室，发现里面热闹异常，感到难过、气愤的和兴高采烈的在争论得不可开交，读着那些幸灾乐祸的话，我悲哀地发现：出租司机的同类大有人在。真是不明白，是这些人自己还是我们的教育出了问题，一个人，怎么可以这样没有心肝？

给作家朋友、中学的同学西飏发E-mail，告诉他我的难过，还有恐惧："不敢想同样的事情在中国上演，会是怎样的浩劫。我们只有祈祷。"他回信说："去年曾经登上那幢楼，在顶上吃了一个挺贵的热狗，现在两幢楼都不存在了。人类间的仇恨让我感到难过。我昨天掉了眼泪。"老同学的话，让我感到了安慰。我再写过去："人类剥夺同类的生存权是最大的罪恶。'二战'中的战犯获得'反人类罪'非常合适，这次的袭击者也是。"

说到一些人（甚至有朋友）的莫名兴奋，西飏用这样一段话结束了我们的谈话："我想，每个人都会有他的理由，包括恐怖分子。所以我对那些幸灾乐祸的人倒是不生气，我为他们难过，因为他们显然活得不耐烦，活得不舒畅，以至于要在这样的事情上找乐。我们一起怜悯他们吧。”

悲哀也好，怜悯也罢，我的中篇被打断了，水面原来很平静，现在被搅乱了，原来映在上面的天光云影、亭台楼阁都不见了。我一边开始寻找、打听在美国的朋友的下落，一边反省自己思维方式上的老毛病——总认为“人同此心，心同此理”，当人和人巨大的差异显示出来的时候大惊小怪。我怎么这么不成熟呢？

编辑来催稿，这样说：“写得怎么样了？希望纽约的飞机能给你带来神来之笔。”我看了就决定不写了。

站到办公室的落地大窗前，想到一架载满乘客的飞机迎面飞来，从楼里穿过，浑身开始发冷。因为现在知道了，这已经不再是好莱坞电影里的虚构。我决定放弃写了一半的中篇，这个心理断层的产物，就让它作为一个小小的纪念吧。

同样让我震惊、长久悲哀的事情还有2000年8月“库尔斯克号”潜艇的沉没。我保留了那张照片，库尔斯克最后一次出发之前，全体官兵在艇上整装列队，齐刷刷的一百一十八个人，英气勃勃，像一排最挺拔的杉树。但是现在，这些曾经活生生的躯体已经葬身巴伦支海海底，他们的灵魂在阴冷的水下飘荡无依。十九个月过去了，导致悲剧的原因还没有彻底查清。不过对于他们，对于失去了他们的家庭来说，查清了又能弥补什么？

面对人类的这些悲剧，写作是多么脆弱，多么无力，甚至多么可笑啊。这种想法让我感到从来没有的苦涩。

有时候会想，可能我作为一个写作者根本是生不逢时的。

有一个读哲学出身的朋友，看了我的小说后说："你知道你为什么不能畅销吗？给你一个处方：加点性！"看了第二本，气急败坏地说："还是那句话——加点性！"我报以一阵大笑。

在我的小说集《轻触微温》的讨论会上，一位评论家朋友用绝不学院派的口气说："你的小说不过瘾，里面的感情进进退退、千辛万苦，到最后往往还没有结果。感情有那么难吗？要是某某（他说了一个70年代女作家的名字），一上来就把该做的都做了，比你痛快多了。"我很喜欢听见评论家用这种非常日常的语言说话，加上他说的也是事实，所以我没有反驳。

审美的趣味，也是由不得自己的。比如写性爱，也许人家觉得一定要写那些狂乱的噬咬、交缠、喘息，才大胆，才前卫，或者才能好卖，但是我却喜欢捕捉那些瞬间的心脏漂浮的感觉，那些细致、微妙的层次，那些很有想象余地的"轻触微温"……这并不是在回避欲望，只是觉得欲望和人一样，要穿上一层一层的衣服才好看，衣袂飘飘，重重叠叠中的隐约肌肤，或者挺括套装遮掩不住的轮廓、曲线、起伏，是真正有意思，也是值得用文字体味的。真的赤裸裸了，还有什么可写的？索然无味。

刺激和感动，根本不是一回事。我的作品，从来不刺激，也从来不想让人觉得刺激。我只是想让人感动，哪怕只是一点点，只是一瞬间，甚至清醒后有些不好意思。

刺激是酒，各有等级不同。感动是茶，更有各种品位。

清正而不轻浮，醇厚而不寡淡，这是我的努力。

但是，有些美感在今天很难存活。让烈酒浓烟麻木了味觉，怎么品得出清茶的滋味来？在众流喧腾中，怎么听得见幽微的泉声？作为演奏者，你可以让琴声不绝如缕，但是高分贝噪音中谁能听见？更不用说无声胜有声的停顿了，人们根本不会感觉到那是你刻意为之的表达的一部分。

信息爆炸和欲望咆哮之中，所有的静美、细致、舒缓、留白……都成了很难激起共鸣的东西。不知道是今天的人们真的已经不需要这些了，还是仍然需要这些但是饱受摧残的感官和心灵丧失了感受的能力——就像一边营养不良，一边厌食一样？

就像《小王子》里写的那样，现在的人们宁可吃一种止渴药片，好省下喝水的时间，但是小王子却说，要是我有闲功夫，就溜溜达达地走到一眼清泉旁边……

小王子，我也这么想。如果不是为了寻找我的清泉，我不知道要时间做什么。也许这是我还会继续写作的原因。

（本文为《作家杂志》2002年第4期
“潘向黎作品小辑”的创作谈）

我不识见曾梦见

去年春天，我闭门读历史，本来只是想利用休假补补课，没想到一下子被拽了进去。等到出来，有一种从激流之中好不容易爬上岸的虚脱感，对眼前的一切也有了奇怪的空洞感觉。那些惊心动魄，那些波澜壮阔，那些一念之间，那些万劫不复，那些忍辱和雪耻，那些挣扎和毁灭，那些意志和欲念的角力，关系着历史的走向，关系着千万人的生死荣辱，影响直到今天不绝如缕，还将延续到明天。真是大开大阖，光芒万丈。

相比起那些大事件，大人物，大转折，大起落，文学算什么呢？小说算什么呢？与江山社稷无补，与改朝换代无关，于世道人心，应该有些干系的，但是真的有吗？

我的心情，就像元曲里的一句——“读书人一声长叹”。写小说的人，沉迷于如此无用之业，在某种意义上，就是所谓的废物点心吧。我曾经对个人的才能有过怀疑，但是对小说这个行当的荣誉感一直完好保存，这一次，无意之间，这种荣誉感也幻灭了。我听见了历史雄浑的嘲笑：此等小技，壮夫不为也！我虽是女子，又是草芥般的存在，但是不知道为什么这样的笑声还是伤害了我，即使不写小说，对小说我还是习惯于用一种尊重的目光去注视、用一种端正的口吻去谈论的。但是对这种嘲笑我无力反驳，也不想反驳，有一种唾面自干的宁静。这种时候的心情很古怪，也说不清楚是好还是不好，好像很不好，觉得自己傻了这么多年，到现在才明白；好像又很好，觉得原来如此，可以放下心来，什么都不写了。

春秋的时候，申包胥对伍子胥说："子能覆楚，我必复之。"江山也好，天下也罢，覆之，复之，小说都是不能的。小说，也不覆，也不复。

15 世纪人文主义者伊拉斯摩斯从国外返回祖国荷兰时说："我们回来了，一切都会不同了。"这种豪迈的自信，小说家也是不会有的，似乎也不该有。

我不知道，一个写小说的人是否可能没有小说观，就像一个人活着会不会没有人生观那样。如果这个小说观要求是完整而坚固的，那么我可能就没有。因为，我只是出于自己也不清楚的原因，和小说有某种纠缠，而且纠缠了一些年头。但是为什么这样，我还是不清楚。我对小说想得不深不透，甚至不求甚解，就像一段姻缘，不知因何而起，会因何而灭。我和小说还可能是一个错误的姻缘，那么有一天我会摆脱出来，在灯外看灯，在烟火外看烟火——也许，事不关己、无欲无求地爱小说，是我这种眼高手低的人最安顿的状态。

然而，曾经，直到几个月前，我还认为小说应该抵达的最高境界是：欲天下哭则哭，欲天下歌则歌。我以为真正的小说家应该是："一肚皮书史，一肚皮山川，一肚皮磊砢不平之气，无地发泄，特于是发泄之。"我还认为真正的小说和真正的读者应该这样相遇："不箫不拍，声出如丝，裂石穿云，串度抑扬，一字一刻。听者寻入针芥，心血为枯，不敢击节，惟有点头。"（明张岱语）

但是现在，我怀疑是否有这样的小说、这样的小说家、这样针芥相投的相遇。至于我自己，到目前为止的小说，除了让我度过一些愉快的时光，事后大多不能让我自己满意。我对所有欣赏我作品的人心存感激，因为觉得他们是那么大度包容，我希望到目前为止一切都是练习，有一天，真正的写作将会开始。但是，我不知道什么才算真正的小说，我这辈子也许都不能明白。也许我要到太晚的时候才会恍然大悟，也许有一天奥秘之门洞开，但是我已经没有兴趣走进去了。

对于有的人来说，也许想明白小说是什么，不如想明白，自己为什么要写小说？我不知道。我有时候觉得我知道了，但是后来又不知道了，然后又觉得重新知道了，最近又变得重新不知道了，就这样，一会儿明白，一会儿糊涂，到了现在，都怀疑会不会是糊涂的时候才是真明白，还是自以为明白的时候才是真糊涂？想想小说还是有趣，它让我玩味生活的可能性，还向我展示了它自身的可能性。

“文革”中，有人借给顾准一本《茵梦湖》，顾准看完，把书还给人的时候说：“我已经哭过了。”这证明小说对一些有智慧的头脑、一些高尚的心灵还是有影响力的。虽然《茵梦湖》不能改变他的命运，更不能给当时的环境带来一丝亮光，但是顾准的眼泪就是给这本小说的无上嘉奖。

毕飞宇梦想将来在自己死后，有人在他的墓地上读他的小说；而我，如果说还有梦想的话，就是梦想着，至少有一个人，面对命运的不公或者苦难的折磨能够不动声色，在看我的小说的时候，竟然会流下眼泪。那是我触摸不到也看不见的泪，但对我来说，就是珍珠。一两颗便已足够。

这样的梦想与时运有关，与气数有关，与等待无关。所以，我也不等待。

小说还可以有另一种生存状态：山中桂树，枝繁叶茂，自开自落。人迹罕至，四野萧然，但是声势浩大的香气可以传出很远，闻到香气的人心里惊异，停住脚步分辨一下，哦，是桂花。也仅此而已，不会循香而去，更不必寻到折下插到自家瓶里。这些桂花都不管，它只管纷纷地开，纷纷地落。

有一句唐诗：草木有本心，不求美人折。这句话说得彻底，所以清气四溢。守住本心，安于无用，安于弃，就保全了本色，保全了天然。

其实有用无用，都是不相干的话。苏东坡《沁园春》中有这样绝妙的词句："用舍由时，行藏在我，袖手何妨闲处看。"小说不覆也不复，但可以眼看他起高楼，眼看他楼塌了，就用那么一种透彻的目光，袖手旁观。

所谓的理想境界往往是供人遥望而不是真正抵达的。写作如此，整个人生也是如此。保存在这里的每一行字，只是指示我遥望过的方向，只是一种证明：我不识见曾梦见。

（本文为施战军主编"新活力作家文丛"之一、小说集《白水青菜》山东文艺出版社2007年5月版代序）

说出缘故来，人也不委屈

——关于《永远的谢秋娘》

有时候，觉得“难以言传”几个字，对写小说的人有特殊的意味。因为，可以三言两语概括出来的，往往只是故事，而好小说，都是难以言传的。可是对于写的人，这个“难”有时真把人难住了。直觉告诉你，表达出来的会有价值，越难表达越有价值，可是越有价值的表达就越有难度，兴奋，又折磨，这真是一种进退维谷、冰炭置肠的处境。

但是，难以言传的东西，一旦找到表达的路径，流畅地倾注下来，那种如释重负的欣喜，真是人生最美妙的体验之一。这次的这篇小说，就是这样。

看题目，可能有人就会觉得似曾相识。对了，《永远的尹雪艳》，作者白先勇。

一直为白先勇的小说所折服，多年前初读的时候，惊为天人。那种感觉太强烈了，以至于反而失却了本来应该有的启蒙作用。最近重读了他的小说集《台北人》，感觉不一样了：当初是一片光彩耀花了眼，如今我是把它举起来，迎着光，细看它隐藏的脉络和肌理。

在他的中短篇里，最负盛名的是《游园惊梦》《谪仙记》，可能还有《玉卿嫂》《金大班的最后一夜》。可是我最难忘的却是《永远的尹雪艳》和《一把青》。

我永远记得第一次读《永远的尹雪艳》时，那本装帧粗劣的书的触感，还有透过窗纱的午后的光线，还有开头的第一句："尹雪艳总也不老。"就是这七个字，念在嘴里，像嚼一颗青橄榄，几层滋味次第沁出来，然后是长久的回味，让人放不下。

二十年来如一梦，长沟流月去无声。只有尹雪艳，总也不老。

这篇小说的标题和开头，都是不避嫌疑地仿白先勇。这当然不是必要的，因为没有这个短跑道，这个短篇一样可以起飞。但是出于一种莫名其妙的感情的驱使，我想这么做。白先勇的小说，往往让我想起宋词。也许可以说，这篇小说是"和"白先勇"韵"而作的。能以我的方式表达多年的敬意，也算了却了一个心愿。

只要稍具常识的人，都会明白，小说上的描红是不可能的，任何一个细节错一笔，整个结构、整个人物就塌下来了。单说尹雪艳们津津乐道的百乐门舞厅，在今天的上海已经是除了怀旧一无是处的尴尬的存在，其余的就可想而知了。

这两个短篇的主人公可能有相似的地方，比如“任是无情也动人”，表现了一种生存的智慧和冷酷，但是，谢秋娘只是谢秋娘。不是时空背景不同，而是她不像尹雪艳那样空灵，那么恒定，那么生来如此一般。她有她的来历、身世，她的灰情灭欲有一个过程，她的滴水不漏仍是有迹可求。

宝玉对黛玉说过，凡事都有个缘故，说出来，人也不委屈。我之所以写出了这些，就是想将那个“缘故”说出来。我不要人家觉得她是上天派来祸乱人间的“妖孽”“祸水”，她首先是被时代践踏的弱女子，然后是大劫的幸存者。她用心如枯井对抗浊世的波涛，符合“也无风雨也无晴”的人生理想，因此某种程度上是赏心悦目的。但是，她注定要在枯寂寒冷中度过余生，又给人一种暗夜花开、自生自灭的惋惜和同情。

谢秋娘和韩定初这一段，是人物心理的关键处，我决定正面将它传递出来，试图使谢秋娘这个形象更真切，更有汁水，更接近一个“人”，而不是一个审美理想和沧桑感喟的象征。

谢秋娘最后说“碎了倒踏实”，按照我的理解，到了此刻，她将再无牵挂，绝了念想，义无反顾地在“冷酷者生存”的路上走到底。这里面，寄寓的是现代人深刻的悲哀：为了生存，往往要割舍了感情、道义这些使人软弱的东西，但是你一旦割舍，作为一个真正意义上的人，难道不是已经死了吗？

（本文为《作家杂志》2005 年第 1 期
“潘向黎作品小辑”创作谈，
与小说《永远的谢秋娘》同时刊出）

午后微风闲翻书

——关于《茶可道》与《看诗不分明》

好像是忽然之间，到处都是深深浅浅的绿和浓浓淡淡的桃花樱花海棠花，阳光恢复了暖意，风吹来，也像一声声轻轻的问候，整个世界重新被希望覆盖。

在这样的天气里，会让人生出孩子气的希望，最好所有人都没有疾病、贫穷和愁苦，然后集体放大假，而且都有时间、有心情晒晒太阳、看看花、踏踏青、喝喝茶、发发呆……总之做所有让肢体和心灵松弛下来的事情，或者什么事情都不做，就让自己舒舒服服地闲着。

爱茶的人，更多一个理由爱春天：春天是新茶的季节。今年，我的两本小书——《茶可道》《看诗不分明》出版了，正赶上新茶时节，这个偶然的"恰好"，让我格外舒心。

说起来惭愧，《茶可道》的第一篇是2004年5月发表的，到今天已经快七年了，这些年来，有许多读者朋友来问：什么时候出书？有的朋友出国留学去了，几年后学成回来，再问“书出来了吗？”回答居然还是“没有”。有的朋友年年送我新茶，说用茶来换书，茶喝了几年，书还全无踪影，弄得我像骗茶喝似的。甚至有的朋友怀疑没有出版社理会我，很仗义地要为我介绍出版社……唉，书出得这样迟，全是我的不是，因为我执意想让《茶可道》和《看诗不分明》一起出，而且想找一家最好的出版社，把它们出成让我愿意作为小礼物送给朋友的样子。

看到书的时候，我觉得我的小固执应该被原谅，因为它们是我希望的样子。现在，我把它们献给朋友们，希望大家品着新茶之余，翻翻这两本书，能觉得还算相宜。

书是各种各样的，读法也自然不同。有的书，需要人正襟危坐、全神贯注地读；有的书，需要人沉浸其中，哭之笑之；也有的书，只是让人在清闲的时候，拿起来随手翻翻，翻到哪页读哪页，坐卧不拘，读读停停，边喝茶边看不消说，边听音乐边看也可，边吃零食边看也可，有事要忙了就放下，空了想起来就再接着往下看……这两本小书，大概会是这第三种。

如今一个“闲”字、一个“静”字都难求，我自己是把“茶”与“诗”当作一道帷幕，放下来，暂时遮住生活的忙碌、喧闹和局促，换来片刻非日常的闲和静的。不知道这两本小书能不能成为读者的一道小小的帷幕？

妹妹向蓁似乎从来不曾好好看过我的任何一本书，我也从不指望她的评价（不论夸奖还是批评），但是这回有点意外，她发来短信说："今天天气好，在花园里修剪了花枝，然后在躺椅上晒太阳，信手拿起你的书，翻了翻，没想到竟看了起来，一直看到现在。书不错的，很配这春日午后。微风徐来，似有清香。"

听上去真是美妙呢——树荫下，花枝旁，暖暖的阳光，宁静的女子，闲暇的时光。微风翻动着书页，空气中浮动着清香，不知道是来自花和叶，还是来自诗与茶。

（2011 年春）

标签、物质与背景

——关于长篇小说《穿心莲》

作为第一个长篇，《穿心莲》（人民文学出版社版）在我个人写作史上的意义是不言而喻的。关于它的思考和反思，我期待能在我的下一部作品中显露出来。因此，此刻关于《穿心莲》的言说是困难的。不过，在和朋友们交流过程中，有几个带“技术性”的小问题，引起了我的兴趣。

第一个问题关于标签。

如今是一个贴标签的时代。有一些“新概念”到处横行：比如“剩女”，比如“宅女”，比如“小三”……这样的概念在生活里也许还有存在的理由，在文学作品里则绝对是粗暴俗劣和应该远离的。我笔下的女主人公，我拒绝贴上任何标签，而且在写的时候也从未刻意提醒：这是个三十多岁仍然单身的女性、她长得一般、她“应该”一心想结婚，或者怪僻乖张……她就是那么一个人，会做的事情都是出乎她的性格，会这样走路这样吃饭这样哭这样笑……因为她是她，和一切简单可笑的标签无关。

那个让男女主人公感情发生巨变的小岛，没有一个名字，也没有任何地理方位的暗示。几个重要人物被命名成“薄荷”“豆沙”“木耳”，这样的略带卡通、缺乏联想性内涵的名字，是因为名字也是一种标签，有时候也不重要。

在生活里，每一个人都是不应该而且很难贴上标签的，在作品中也是如此，对写作者来说，面对的永远是“这一个”，有温度、有颜色、“毛边”的、难以概括的“这一个”。正因为如此，描摹和刻画才有难以抗拒的吸引力。其实，对阅读者来说，标签对真正融入、有所感悟也没有好处，有点像一个低水平的导游，表面上在介绍和指引，其实是干扰和遮蔽。

第二个问题关于物质。

有一个关于《穿心莲》的介绍中说：“潘向黎的这本书里，几乎没有‘物质味道’……那双男人为女人买的鞋，没有品牌和价格，不过用‘绑上脚踝的丝带’来暗示那是一双近两年很热门的芭蕾舞款式的鞋……”这算不上明确的赞扬或者批评，但是提醒了我，关于都市生活的描写，如何对待物质，确实是一个回避不了的问题。这不仅仅是因为都市人的肉身生活在物质的包围之中，而且因为物质也会悄悄地影响我们的精神生活。

回头看了看，我对“物质”采取的态度，似乎可以说是细节上重视，总体上忽视。比如，就说上面提到的那双鞋，写的时候，我心里确实有一双非常明确的鞋的样子，它是这两年流行的芭蕾式样的，确实出现在许多橱窗之中，穿的时候也确实需要两只手，有的时候甚至有点困难，需要别人帮忙，而且它所暗示的轻柔浪漫和女主人公单调艰苦的生活形成的反差也是好的……几年前，在写中篇《一路芬芳》时，里面的李思锦所用的姜味香水和镶水晶的披肩同样都是有现实蓝本的，都是那一年两个著名品牌新推出的产品。有读者来向我求证，然后问我为什么不写出品牌的名字。那个小说里，女主人公李思锦应该是对时尚敏感的，所以我暗暗地把时尚而且适合她的东西给了她。但是当然不会写出牌子的名字。物质如果堆砌起来，就会影响人物的自由行走。

第三个问题关于背景。

几年前在日本参加亚洲女作家论坛的时候，被问到一个从未想过的问题：你在写作的时候，是用标准语思考的吗？如果不是，是用上海方言或者你的家乡方言？我想了一会儿说：“是我们的标准语——普通话。”提问者又问：“你的母语就是标准语（普通话）吗？你做梦时用什么语言？”我愣住了，然后发现自己的方言背景是如此的淡薄，甚至可以说，我是个几乎没有方言背景的人。对于一个写作者来说，缺少了这样天然而鲜活的语言和精神的资源，这是一种巨大的缺失。那时，暗暗沮丧之中的我没有想过：用普通话、书面语言思考的写作，是否也有其优势？

有一位朋友说，在我的小说里从来不强调背景，里面的人、情绪、故事也可以放在纽约、伦敦、米兰、东京……我当时连忙申辩说这并不是有意向“全球化”潮流靠拢，没有意识到这和语言有关。我的语言是一种来自于课堂和书本，缺少土地、田园的滋养，也未受石库门弄堂、四合院熏染的语言。

直到有一位在国外生活的读者看了《穿心莲》，对我说：“这个故事特别适合我们看，有的小说，那个背景和语言和我们相差太远，一下子就把我们赶出去了。”上海一家报纸也这样评说《穿心莲》：“毫无方言色彩，是这本书的一大特点，你可以是任何一个城市的读者，读这本书，你不觉得你在读别人城里的别人的故事……”

那么，也许背景的淡化、没有方言色彩不仅仅是一个缺点？也可能有利于某一类读者的接受？甚至，可以算是风格上的某种特点？

我的思考被引发起来，但仍不清楚。想清楚了也未必有意义，因为方言背景是写作者的一个宿命，本人其实无能为力。

而，用一种拒绝标签、远离物质、比较洁净精纯的语言写作，可以是一个目标，对此，我会努力。

（本文应李辉约稿，刊于《人民日报》
2011年2月22日）

唐人绝句，雕琢，难度

——短篇的文体谈片

大约在上世纪80年代，我自己还没有开始写小说的时候，曾经读到有人说何立伟的小说像唐人绝句，让我印象深刻。这里暂不具体谈论何立伟这位作家，也不议论其中显而易见的中国传统审美趣味的短长，在我看来，这个说法里面包含了对短篇小说的几个理解。

第一：短。绝句是近体诗里最短的体裁。

第二：结构精巧。不但每一个情节、每一句话要恰当，甚至不可多一笔，也不可少一笔。

第三：文字讲究。唐人写绝句是讲究炼字的。

第四：内涵（审美内涵、感情内涵、思想内涵）饱满。体量小，如果不饱满，就不精神，那么就只有"句"，而不可能"绝"。不饱满的短篇小说是失败的，而且失败得很彻底，很明显。神完气足，才是好短篇。

后来玩味了一下，觉得应该还包含了第五点：要有韵味，具言外之致，言有尽而意无穷。短篇小说，语言要有“句”（文字足够好），还要有韵味或者境界，才够“绝”。韵味悠长，才令人叫“绝”。

作为从唐诗里受惠良多的中国人，我觉得，至少中国的短篇小说，可以将“唐人绝句”作为追求的境界。

汪曾祺的短篇小说完全符合以上标准，尤其在“短”和“韵味”上，独领风骚，至今无人能过。他真是短篇圣手！他似乎是为短篇这种文体而生的作家。他的典雅、温润、从容、蕴藉、富于文人气，是有口皆碑的，但是他的苦心经营，刳心雕肾，似乎说的人就不那么多了。

“大巧谢雕琢”，其实当然还是雕琢的。只是如果才情够，又下足了功夫，就可以让人看不出雕琢的痕迹，浑然一体，恍若天成。汪曾祺的小说就是这样，让人觉得那些小说好像是果子，自然而然地从那棵叫作“汪曾祺”的树上长出来的。

短篇格外需要“雕琢”，又格外忌讳显出雕琢来。而这恰恰是汪曾祺的好处。许多人不觉得他的匠心、苦心，甚至感觉不到想象力的存在，他表面的轻松和自如把许多人骗过了，这是汪老爷子作为小说家最值得得意的地方。

孙犁的短篇也大致符合上面的标准。孙犁的好处在于，他也写柴米油盐，也写吃的穿的，也写生死，也写苦痛，但是他的小说永远弥漫着一种浓郁的非日常的氛围，或者说一种孙犁式的情思，那种情思是他所独有的。

他短篇笔下的世界，都经过了一种特殊的滤光，虽然轮廓和比例都还在，但是明暗、色泽、冷暖甚至质地都改变了。

一句一句，一笔一笔，孙犁很朴素，从不花巧，也不含糊。他明明是忠实于生活、忠实于历史的，但最后，我们发现他真正忠于的是：人性，以及，他自己的心。这样的短篇就了不起。

曾经认为长篇小说需要提供一个世界，而短篇不需要，回头想想，好像也未必。一叶知秋，窥斑知豹，你能说里面没有世界吗?

和所有读者都爱看长篇相反，所有作家都承认短篇难写，但他们中的许多人又看重短篇，常常和短篇较劲。有些作家长篇写得挥洒自如汪洋恣肆，写起短篇来，也会短处毕现不能藏拙。短篇正是这样，最考验和体现作家的才华和功力。不少作家乐此不疲，与许多著名演员喜欢演小剧场话剧相似，就是为了征服难度的职业荣誉感吧。

（本文应何锐先生之约为《中国短篇小说100家》

江苏凤凰文艺出版社2015年2月版而作）

为了永远不告别

2010年4月，我的第一个长篇《穿心莲》出版了。用了这样郑重的口气说这件事，在大多数人看来，应该是很可笑的。许多才气横溢的作家，十几二十岁就出了长篇，而且一部接一部，像我这样，写了二十年的中短篇和散文，人到中年才慢吞吞出第一个长篇，按照过去的评判可能说是胸无大志、等闲白了少年头，按照现在人的直截了当，可能连笑都懒得笑，立时兴趣全无的。

在给一个多年的朋友的书上，我忍不住抄了一遍宋人陈与义的《临江仙》。真是太有共鸣了！“长沟流月去无声”“二十余年如一梦，此身虽在堪惊”。从1989年发表第一个小说起，整整二十年，我都干了些什么呢？时间怎么就那么快、那么快地溜开，让人惊讶、感叹、总也猝不及防呢？

曾经，很长时间，我的写作心态就是“玩”，觉得有趣、写得开心，就写，想写什么就写什么，想怎么写就怎么写，想什么时候写就什么时候写。而且，生活永远放在第一位。读书的时候读书，旅行的时候就旅行，恋爱的时候更是心无旁骛昏天黑地，还一直是个上班族，还放弃了成为专业作家的机会……我不是什么作家，最多就是一个票友，写不写，无所谓的——这是我长期的感觉。就像一个出生在衣食无忧的家庭里的女孩子，自己喜欢绣花，虽然一来二去手艺可能还过得去，但终究只是私底下的爱好，因为既不指望它挣钱糊口，又不指望它传扬出去露脸，因此没人把它当了正经营生。为了养活自己，我也确实一直保持一份“正经营生”。应付生计之余，还热衷于烹调、茶饮、插花等零零碎碎的乐趣。也不是玩物丧志，因为我本来就没有什么“志”。我甚至几乎从不在晚上写作，因为要和家人隆重地吃晚饭，晚饭后要喝茶聊天，还有，不愿意影响睡眠——事实上，写作是否影响睡眠，我至今不太清楚。

前几天一位朋友给我的信中说：人到中年了，似乎应该重新立志。我给他回信中说：“我一向没有志向，而且偶有立志一定不成，而且碰一鼻子灰。”结果这个朋友笑得不得了，说这简直是他的写照。看，不是我一个人，而是有一种人，不但没有志向，而且不能立志。

唉，我肯定“浪费”了许多可以用来写作的时间，如果我把那些时间都用来写作，现在大概会颇不一样的。

但是念及那些时间带给我的充实和滋味，回想起来，倒也并不太后悔。

这样说，显得我对文学有点冷淡了，或者说，有点傲慢。其实不是，我真的爱文学，而且自认是很纯粹的那种爱。我不用它来改变命运，不用它来挣钱糊口养家，我不明白为什么喜欢文学就一定要弄成职业，就像喜欢一个人就一定要死乞白赖地结成夫妻、柴米油盐地过日子那样。如果可能，我愿意对文学就一直“纯粹”下去，与生计无关。

我可以不写什么，但是我肯定我会终生阅读文学作品，也就是说，我随时可以放弃写作者的身份，只以读者的身份亲近文学。从学龄前背诵父亲抄在纸上的“床前明月光”和“怒发冲冠”起，文学就是生活的一部分，像血缘一样无法剔除。文学是绝对必需的，但是成为一个作家，不是必需的，成为用纳税人的钱供养的“专业作家”更不是。

我父亲对我来说身份是多重的：父亲（严加管教为主，细节宠溺为辅）、启蒙者、最严格的导师、最到位的欣赏者、最知心的朋友。我要努力控制我的泪水。许多事情我现在还不能平静地记录。几年前，在他病重的时候，悲伤万分、疲惫不堪的我，竟然摇摇欲坠地飞去北京，领来了庄重文文学奖的奖杯和证书，亲手捧到他眼前让他看。他要看获奖证书已经有点吃力了，于是他的学生张安平蹲在他身边一字一句念给他听。我永远忘不了他那认真倾听的神情。

说实话，对于写作和因此获得的外界评价，我总是没有他在乎，还曾经觉得他过分在乎了。后来我突然理解了，对于他自己的用心血煮出来的文章，他是希望能流传得广一点（冲破一些人力的阻拦）、久一点（冲破时间的阻拦），而对于我的文章，他的在乎其实更多的是出于对女儿的爱。他不可能在乎我每个月挣多少钱，吃什么饭店，穿什么牌子的衣服，那些他全不在意而全然不屑，他只能用在乎我的创作、在乎外界对我的评价来表达他的爱。我自以为清淡，其实是太自以为是了。他是一个价值观单纯而感情丰富的人，虽然因为经历和处境往往遮蔽得很厉害。但他的孩子、他的朋友、他的学生都会感觉到他内心的温热。

当时的父亲，可笑的现代医学已经对他没有任何帮助的可能了。因此，我对获奖就从未有过的在乎——我把奖杯和证书带回来的心情，是一个痛苦而无助的孩子给自己父亲带来一盏参汤，能喝一口就喝一口，明知没有用也想做点什么。我想因此我应该表达对那届庄重文文学奖评委特别的感谢（特别是其中的李师东兄，他从我写作早期起就通过《青年文学》给了我许多提携），是他们给了我一次温暖的鼓励，而且特别及时，让我的父亲还来得及和我在同一时空分享，是来得及让他感到欣慰，而我能亲眼看见他的欣慰的。第二年，当我以《白水青菜》获得鲁迅文学奖的时候，想到父亲，我感到的已经不是遗憾而几乎是“来得太晚不如不来”的痛苦了，大概父亲不愿意看到我那样，于是“派来”一位朋友对我说：“看人家多丽丝·莱辛八十八岁才获得诺贝尔文学奖，难道她也指望她的父亲活着看到吗？”我被当头棒喝，为这种不伦不类的相比啼笑皆非的同时，倒也渐渐平静下来。我慢慢接受了父亲不在我身边，但是也只是不再在我身边，但是我的一举一动他还是知道的，绝对是那样的。

说起来，这个长篇真是来得太迟了。父亲和许多朋友都觉得我应该写长篇，说了有十几年，但是我就是悠闲地混日子，一点不着急。后来有了孩子日子就忙碌起来，生活的严峻掀起了面纱，心里开始有点着急了，但是着急也真的没用了——真的没有时间了。每一次听到人家谈论各种写作的难处和技巧，我的心里就有一个声音：我没这么复杂，给我时间！给我时间！我的写作只有一个难处：没有时间。

中间的曲折不去说了，现在的结果是好的，就像错过季节的花，意外地开了出来。这本书对我有几个意义，第一是，我终于写了一个长篇，打破了从未写过长篇的心理禁忌。第二，它是在人民文学出版社出的。多少作家都特别看重这家出版社。

要感谢凯雄兄。印象中，虽然认识多年，但是彼此从来没有谈过写作、出书这档子事。好几年前他到上海开过一次组稿会，把我也叫去了，我暗想：他知道我写东西？后来有一回到出版社，在他办公室，我半开玩笑地说："也不给我出本书。"他马上露出"出版商"的"狰狞面目"说："小说集不行，散文集更不行，要出就是长篇！而且要写得好！"我当时写许多散文、不少短篇、少少的中篇，就是没有写过长篇，他这样说，不是"刁难"，简直就是拒绝。我后来从他书架上抽走了很多书，几乎可以看作一种发泄。所以当我有了第一个长篇，当然就想给他看看。我毫不怀疑，如果他觉得不好，会再次冷血地回答我。结果，是一星期后他给我发来一条有史以来最长的、显得有点激动的短信："看完了，我愣了。真的很好。……"我当时在苏州一个园子里喝茶，看到这条短信，心里真是激动，我得到了一位不轻易褒扬的评论家的肯定。得千金不如得此一评啊。

长篇出来了，我的第一反应是：要是爸爸在，该多好。我没有说，但是所有认识他的人都这样说出来。我先是无语，渐渐就微笑起来，我说：他知道的，他很高兴啊。

只不过我听不见他摇着头作出不理解的表情说："你写起来就像鸡啄米，怎么这么快？"或者似乎很不服气地说："我写起文章那么难那么苦，你写起来怎么这么轻松这么容易啊？"我一般不回答，过几秒钟回头看，他肯定在无声地笑。只不过看不见他晚上多喝几杯，然后故作漫不经心地说："我现在喝了酒，随便说说，你这个小说，那还是不差的。"我说："好啦好啦，你少喝点，早点休息吧！"他有点生气了，就大声说："我对你的评价不是作为父亲，而是作为评论家说的！"

我知道，爸爸，对于许多人来说，"潘旭澜"这个名字意味着一位严谨深刻的评论家、一位卓有成就的学者，但是对我，你就是一个父亲，你摆脱不了父亲的立场，你以为你够客观公正，但是你真的就是一个爱女心切、望女成凤的父亲啊。好了好了，我不和你争论了，这么多年，我们所有的争论，哪一次有个明确的结果呢？血缘就是一本又哭又笑、血泪和流的糊涂账啊。

我已经知道了，我会一直写下去，父亲会一直在乎下去，高兴下去的。不在于他是评论家还是别的职业，就因为他是我父亲，我是他女儿。我的每一点长进，每一点声响，对他来说，都是和天一样大的。这一点，每个为人儿女的都知道，每个儿女为人父母之后就更加知道。人，一代代不就是这么回事吗？人生，很寂寞也在此，给人力量也在此。

在乎我的写作的，绝不止父亲一个人。还有我的亲人们，他们怜惜我、照顾我、支撑我、包容我。还有那么多作家、评论家、编辑家、教授、书画家、医学专家、各行各业的读者……他们的鼓励和注视让我受宠若惊。其中也有一些人已经不在这个时空了，比如在送这本长篇时，我总觉得有一个重要的人没有送，又想不出来是谁，突然想出来——是李子云先生。这位我尊敬又喜欢的评论家，这位知我、赏识我、许我忘年的恩师，这位性格鲜亮而风度优雅的前辈，我已经无法将我的新作送到她的手中了。那一瞬间，心里感到巨大的空。如果不是怕自己再次陷入伤心，我真想在《夏天最后一朵白玫瑰》之后，再为她写一篇文章，题目就叫作《世上已无李子云》。是啊，世上已无李子云，世上既无李子云，这个世界就不一样了。

让人感到这种怅惘的，还有罗洛、周介人、陆文夫……

但是他们又永远活在文学中。那么只要和文学在一起，就是和他们在一起。我们今天打开前人的作品，面容如现，气息浮动，作者不是都在吗？那是穿越时代、连绵不绝的生命力。作品不朽、风范不朽，作者便也永远活着。

总是为苏东坡的《永遇乐·夜宿燕燕楼梦盼盼因作此词》所倾倒，这首不朽杰作的结尾是“古今如梦，何曾梦觉，但有旧欢新怨。异时对，黄楼夜景，为余浩叹”。怀古伤今的同时，清晰地表明了一种人生代谢但异代同心因此情怀不灭的认识。这种认识既悲凉又温暖，是大无奈，也是大通透。我们读到这里，不但准确地发出苏东坡所预感的那种浩叹，而且又产生了“后人也当如此，为今日浩叹之人浩叹”的预感。所谓“思接千古”，文学就是这样可以打通古今，连接起不同时空的。

不知不觉写了二十年，这不能说明任何资历，也没有给我带来足以安慰自己的果实，只说明时间流逝之快之无情。但是，毕竟是二十年，而且是一个人生命中最好的二十年。我虽然仍然远远没有成熟，但也不好意思一直无知懵懂下去，渐渐也开始寻找自己写作的理由。

今天我觉得我找到了，或者是我愿意将这个当作写作的理由：有一些人对我的写作和内心极其重要，他们写过所以他们在，而我写着故我在，我一直写下去，是为了和他们一直交流下去，为了永远、永远不告别。

（本文刊于褚钰泉主编的《悦读》
第十九卷，2010年10月版）

那些光洁芬芳的可人儿

——关于中篇《一路芬芳》的创作谈

那一年（2003年），《一路芬芳》发表后，好几个朋友和熟人来问：你写的是我们报社吗？问的人，分布在不同的城市，不同性质的报社。我说：不是。他们说：你不要骗我们啦，明明就是。我说：真的不是，不会是。因为我一向有个原则，不把生活中真实的人和事“如实”搬进小说里。他们或者如释重负或者有点失望地说：喔，你不是写我们啊，对啊，你是虚构的，你从来不在作品里“卖朋友”。

我确实不在作品里“卖朋友”，这个习惯并非出于现实生活中对人的感情，而是出乎一种职业判断和职业自尊心：在我看来，把生活中真实的人和事“如实”搬进小说里，既是对小说写作者的想象力的自我讥嘲，也构成了对“小说”这种虚构艺术的某种不敬。

朋友们相信了我的话，但是他们仍然忍不住对我絮絮地说起了他们身边的故事，他们那里的李思锦，他们那里的罗毅，他们那里的海青，他们那里的姜礼扬，以及他们的结局……我当时觉得有点啼笑皆非，而现在想起来，一个小说引起别人这样直通现实的联想，应该说明作为一个虚构作品，它和生活的血脉是相通的，气息也与彼时的“当下生活”比较切近吧。

而我当时深切的感触有两点：第一，在许多职场或者事业领域中，男性对工作虽然付出很多心力和时间，但往往当成一种晋身之阶，项庄舞剑，意在沛公，他们的真正追求往往是出人头地功成名就；而女性，往往却是真的热爱正在进行的工作本身，工作顺利进展与能力得到肯定，就已经足够让她们安心地一直努力下去。第二，对男性和女性来说，感情的重要性并没有先天的截然的区别，主要还是个体的差别（包括同一个人不同阶段的区别）。生活中大多数男性会觉得罗毅是对的，天经地义，没有必要“只是为了一个女人”给自己的仕途和前程带来麻烦；但是也不乏姜礼扬这样，遇到真正对的人，肯把感情放在至高无上的位置的男子。这样的男子，更懂得内心世界的不容侵犯，更懂得时间的不可回溯和美好情缘的稍纵即逝。当看到男子将自己明显优于女子的磅礴之力全然投入爱情之中，总是让我觉得他们是将男子的力和美协调发挥到了极致。

有读者认为我明显地赞美了姜礼扬，而讥嘲和轻视了未能免俗的罗毅，其实并非如此。我固然是更欣赏身上带着理想主义光芒的人，但是我对罗毅这样的人也充满理解，体恤，同样不乏欣赏。他不但有能力有品位，而且还是很理性很坚忍的，作为一个人他对自己很有要求，作为报社领导，他大多数时候能够从大局出发，公私分明。作为同事，或者上司，遇到这样的人，几乎可以算一种幸运。只有一条，如果哪个女人把他当作一个男人来倾心了，注定是一场辛苦的战役，而且注定很少胜算——这与这个女人好不好关系不大，和“感情”在这样的人内心所占位置关系极大。

至于海青，经过练习，她可以是任何职场的胜者。这样的人，因为现实，所以绝不抒情，也不矫情，走的都是笔直的路，手段特别犀利，因而人生会特别高效。“海青拿天鹅”，这样的女子不是天鹅，是雕的一种，是猛禽。

作为“聪明人”，她自己的“危险”在于，在最需要爱情和友情的年纪，不一定能够放下复杂和算计，去遇到真正的爱情和友情；她的隐患更在于，到了中年或者老年，可能会发生比较严重的自我质疑和精神上的幻灭。毕竟，“聪明人”早晚会活成一个明白人，到那时，她所明白的，可能是“生命不能承受”的。

还记得写这个小说时技术上的小心思：细节上我是

很关注时尚的——因为相信时尚风潮里面包含了时代心理的密码。所以李思锦所用的姜味香水和镶水晶的披肩都是有现实原型的，是那一年意大利奢侈品牌 Bvlgari 新推出的香水以及仿水晶老牌 Swarovski 新推出的时髦物件。这个小说里，李思锦应该是对时尚敏感而且挑剔的，所以我暗暗地把时尚而且适合她的东西给了她。当然这是罗毅送的，我内心的设定是：他也是想让李思锦高兴的，所以所赠应该价值不菲，但是他对女性时尚不会懂得太多，应该是他比较随机地走进了一家晶光闪烁的店，然后听从女店员的推荐买下了当季新品。这个披肩其实并不适合整天忙碌的职业女性，而且上面的水晶都是人造的，也就是说：很美，但却是假的。这里面，当然是有暗示的。

有读者来向我求证，然后问我为什么不写出品牌的名字。我当时这样回答：当然不会写出牌子的名字，为什么要替人家做广告？真实的想法是：物质如果那样实在地堆砌起来，会影响人物的自由行走。

现在回头看《一路芬芳》，觉得里面的人物都是我的朋友，我依然喜欢他们。只不过，那些光洁芬芳的可人儿依然生活在那个光洁芬芳的时空里，而我已经走远了。

（2017 年 1 月应《长江文艺》“再发现”栏目之约而作创作谈，与小说《一路芬芳》同时刊出）